拣拾阳光

胡华强 著

四川人民出版社

图书在版编目（CIP）数据

拣拾阳光 / 胡华强著. —成都：四川人民出版社，
2024.1
ISBN 978－7－220－13445－6

Ⅰ.①拣⋯　Ⅱ.①胡⋯　Ⅲ.①散文集－中国－当代
Ⅳ.①I267

中国国家版本馆 CIP 数据核字（2023）第 163195 号

JIANSHI YANGGUANG

拣拾阳光

胡华强　著

出 版 人	黄立新
责任编辑	李淑云
封面设计	叶　茂
版式设计	李其飞
特约校对	吴　玥　林　泉
责任印制	周　奇

出版发行	四川人民出版社（成都三色路 238 号）
网　　址	http://www.scpph.com
E-mail	scrmcbs@sina.com
新浪微博	@四川人民出版社
微信公众号	四川人民出版社
发行部业务电话	(028) 86361653　86361656
防盗版举报电话	(028) 86361653
照　　排	四川胜翔数码印务设计有限公司
印　　刷	成都国图广告印务有限公司
成品尺寸	155mm×230mm
印　　张	18.75
字　　数	252 千
版　　次	2024 年 1 月第 1 版
印　　次	2024 年 1 月第 1 次印刷
书　　号	ISBN 978－7－220－13445－6
定　　价	89.00 元

散文诗让我有回肠荡气的感觉
——《拣拾阳光》序

我给我新浪博客的散文诗板块的命名就是"回肠荡气"。回肠荡气是我写散文诗的时候最为强烈的一种情感体验。

刚上大学时进学校图书馆，有时爱去翻翻《人民日报》的"大地"副刊，在那里我第一次看到了一种很特别的文体，短小、蕴藉、空灵、自由，那就是散文诗。其中刘虔作品最多，后来才知道刘虔是《人民日报》的高级编辑。那些叫作散文诗的作品虽然常常被排在版面的下部边角处，基本上属于"豆腐块"，却让我非常喜欢，甚至着迷。至于波德莱尔、纪伯伦、泰戈尔，以及鲁迅、郭风，他们的散文诗都是后来在文学史课堂上才慢慢知道的。

大概很多文学爱好者最初都是从诗歌爱起的，我也不例外。上大学时跟着潮流学写诗，结果基本没什么长进，写了两年自我感觉连诗歌之门都没进，唯一有点收获大概就是学到一些诗意表达的方式。我平时也爱写写散文，当散文受到"诗意表达"的干扰的时候，就逐渐呈现出了散文诗的一些特征了。我就是在这样的情形下鬼使神差地走上了散文诗写作之路并爱上了散文诗的。现在都还清晰地记得我在学校校报上发表过的题目叫作《霜晨月》的几章散文诗。

2005年，我回到了成都，第一次走进了《散文诗世界》编辑部，见到了海梦老师和宓月老师，得到了他们真诚的鼓励。这虽然只是一个杂志社的编辑与一个普通作者之间的简单交流，却因了这点机缘，促成了我在散文诗写作上的大进步。之后若干年，我在《散文诗世界》《散文诗》《星星·散文诗》《剑南文学》《河南诗歌》《四川散文》以及《天山散文诗专刊》《中国魂》等若干地方报刊上先后发表了散文诗近三百章，并曾二十多次入选各种全国性散文诗年选本。散文诗这种文体，让我的写作激情差不多持续亢奋了十五年，留下了七百多章近十五万字的"成果"。2020 年，我开始沉迷于方言随笔和散文的写作，便渐渐疏远了散文诗，以致现在似乎重新提笔也有了一些困难。这情形让我对自己失望甚至生气，因为无论如何散文诗都是我的最爱。我的辍笔，似乎是一种对散文诗的难堪的背叛。

为了弥补心中的这种愧疚，我决定把我的这些散文诗结集出版。因为每一章散文诗的得来都是一种灵感回肠荡气的跳动，就像秋日的阳光，晶莹而饱满，神秘而深情，灵动而蕴藉，所以我就借了其中一章的标题作为全书的名字——《拣拾阳光》。全书根据题材和情感的差异做了大致的归类，设为五个板块，分别为"雪泥鸿爪""闲坐沉思""梦里故园""北窗浅唱"和"时光隐喻"。

我是一个孤陋寡闻的文学爱好者，对其他文体的各种信息和争论我基本不关心，但是关于散文诗的是是非非还是比较关注。散文诗至今未能在文学领域占得自己应有的位置，这是事实，从国家级文学奖项的设置可以看出，从发表散文诗刊物的数量就可以看出，从大多数综合性刊物不愿给散文诗留一席之地就可以看出，从很多诗人作家的言谈口气中就可以看出，从读者群的大数据也可以看出。然而又有很多热爱散文诗的人一直在为散文诗奔走呼号，在为散文诗的名分据理力争，这实在让人感动而又备觉悲壮。

散文诗的这种现状，自然是由多种因素造成。人们对散文诗这种文体认识有偏见是事实，而散文诗创作自身还存在明显缺陷这更是不争的事实。虽然写作是高度个性化的创造，但散文诗的写作似乎一直在几个怪圈里打转，最主要就表现在题材的局限和形式的放纵，以及泛抒情三个方面。随便翻开一本散文诗集，就会发现很多篇什都是游记类的题材，散文诗似乎生来就是用来写景抒情的专用文体，真正个性化表达深沉的思索，选材广泛让人耳目一新的散文诗文本实在不多。而散文诗的文体形式也常常使人深感无奈，有些明明就是短句分行的诗歌，却被作者归于散文诗，有些无论从语言表达还是排列形式看明明就是不折不扣的散文，也被称作散文诗。这些被称为散文诗的作品，很多还出自名家之手。这无疑为散文诗写作设置了误区，为散文诗导向制造了混乱。还有为数众多的散文诗作品，单从语言上看很有个性，然而读过之后却很难留下让人回味的东西，原来我们只是被他那花哨的语言迷惑了一小会儿而已。散文诗这些自身的弱点需要散文诗作者继续坚持不懈地努力克服，否则散文诗永远得不到它应得的名分。

散文诗到底需不需要非争一个名分不可？我觉得无所谓。狮虎兽在乎它是狮子还是虎吗？骡子在乎它是马还是驴吗？狮虎兽就是狮虎兽，骡子就是骡子。散文诗当然是散文和诗歌结合的产物，散文诗像散文或者像诗歌都很正常，那是基因遗传的必然结果，然而散文诗既不是散文也不是诗，散文诗就是散文诗，你承认不承认都无所谓。与其哭着喊着说明自己的个性，硬要别人承认你与众不同，不如努力创造自己，真正呈现出一个与众不同的面目来。从这个意义上讲，散文诗和所有热爱散文诗的人都还将面临一个任重道远的悲壮未来。

就我自己的感觉而言，散文诗让我获得了诗歌可以给予我的空灵和自由，也让我获得了散文可以给予我的沉静与从容。我在两者之间可以自由腾挪，随心所欲。根据自己心中情绪的变化，段落可大可小，句子可长可短，句式可常可异，用词可淡可奇。就像建筑可以随势赋形一样，散文诗也可以随情赋形，呈现出灵活多变的表现形式。正是这样的表现形式，才让我感受到了一种回肠荡气的痛快淋漓之感，这种感觉在众多文体之中，是独一无二的。

早期的词，被人们冠以"诗庄词媚"的评语，觉得词就只有婉约一格。直至豪放词横空出世，那曾经被人们认定了只有小格局小气象的词竟然可以书写万端，包罗万象。到这时谁还敢小看词的地位？词还需要自己哭着喊着去争取自己的名分吗？永不停息的探索和创新，是让自己立于不败之地的唯一途径，散文诗的前途和命运掌握在散文诗作者自己的手中。

我的这些叫作散文诗的篇章，在当下这个"散文诗的悲壮时代"，无论是做正面的例子还是做反面的教材，我都愿意。

2023 年 7 月 11 日于郫都犀浦

目录

拣拾阳光
CONTENTS

五　时光隐喻

一

雪泥鸿爪

拣拾阳光

嘉陵江畔

木筏

你——崇山峻岭的箭镞，跃进激流做新生命的放舟，

什么都放弃了，

高高在上的威仪，

紧紧相偎的宁谧，

巍巍山岩的陪衬，

浩浩山风的奉承。

什么都放弃了，借急流助你豪情的旋舞。

绿色的生命只是暂时的偷生，漂流的历程将生命永存。

紧紧相拥不是贪图宁静，奔放的旅途相伴拼搏的亢奋。

不借舟船完成探索的使命，自我承载才是真正辉煌的抗争。

我也是一个漂流的旅人，第一次看到这浩荡的激流，也第一次
看到你无畏的英姿。

当你泊于江边小憩，我竟然没有勇气将一只脚踏上你的脊背。

船夫

漂在水上是江之眼，

浸在水中是江之魂，

沉入水底是江之臂，

埋入沙底是江之根。

"死了半截还没埋"啊！

死去的一半是庸人的懦弱与野心，活着的一半是山与水的智慧

和英魂。你用宽大的手掌迎接浩荡江风，用粗糙的脚板稳踏奔涌的激流。

多少个世纪啊，你们屹立在天水之间放飞无畏的船歌。

滔滔不息的江水流淌着多少动人的传说！

船夫，永生属于激流。

激流，永生属于船夫。

江上渔者

渔人独坐江岸，他很孤独。

渔人的日子全由江流掌管。

独坐江岸，他在想——哪一朵浪花下藏有一句动听的渔歌。

一篙撑岸如一匹骏马驰向原野，一篙点水点出了悠长悠长的岁月。

欸乃一声，一叶扁舟风波里出入，一网一网地打捞沉入了江底的日子。

将满身的水气和鱼腥带给家里的老婆和孩子。

拴船，独坐江岸，看江中千帆往来。

渔者很孤独，他在想——可否一网打捞回全家所有的日子？

阿坝之旅

岷江峡谷

多少年，喝着这清冽甘甜的水！多少次，想着那遥远神秘的源头！

此时，我正行进在梦想中的旅途。

没完没了的水；没完没了的山；没完没了的路……

没完没了的荒凉；没完没了的惊险；没完没了的无聊湮没了偶尔发出的惊叹……

头上是岩石和天空，脚下是岩石和激流——高远的天空，作证这动与静的搭配，横与纵的交织，永久与瞬逝的组合——岷江峡谷，我正在你的灵魂之中一路行来。

天空。岩石。水。

水。岩石。天空。

路，路，路……

阿婆，在逼仄的路边小屋的门口静坐。微笑从内心穿透满脸皱纹，如佛光照耀——没完没了的旅途于是猛然生辉。

当一个绯红的苹果与一个绯红的脸蛋同时照亮无聊的车窗的时候，所有的眼睛同时发现——原来，这个峡谷是多么的开阔！

草原！草原！

草原！草原！……

这是所有人从指尖发出的惊叹。

你看到过一望无际的大海吧！你看到过一望无际的麦浪吧！你看到过一望无际的黄沙吧！

然而，你可能还没看到过这一望无际的蓝天，一望无际的绿草，一望无际的牛羊和一望无际的空旷……你没有看到过这样的一望无际如此使人心摇神荡！

目力所及是天地深情的相拥和亲吻。异域的歌声是草原纯洁粗犷的礼赞。

星罗棋布的帐篷。星罗棋布的牛羊。优游的白云投射到草原上画出迷幻的阴影。

一条流淌得自由到了极致的小河无疑是草原母亲的乳汁，养育着土地鲜花野草牛羊和蓝天上的白云，也养育着神秘粗犷的牧歌。

草原！草原！草原！……

当我向草原更高处迤逦而去的时候，还在心中声声呼唤。

翻过一座高山

一直——向上，向上，向上……盘旋，盘旋，盘旋……

低矮的灌木。扑面的黄沙。不敢俯视的无底深渊。

路，是一个无休无止的梦紧紧盘桓在悬吊吊的心尖。

突然是满眼半枯的古树林，将一片白云缠住，任冰冷的狂风撕扯成俗世的炊烟。

我们是去寻找神的居所，这里难道就是神界的门槛？

恐惧化成了轻松的感叹，疲惫又渗入了丝丝的庄严。

神啊，你肯定就在这白云的后面。白云正轻拂着你慈祥的脸。

摩肩接踵的人流，世俗的人流，充满了欲望也充满了虔诚的人流，提心吊胆地从山脚爬上来，爬到这白云缭绕的山巅。

可是，哪一个灵魂不是匍匐在你在面前？

从云中穿过，我知道——我们正迈过神的门槛。

九寨 黄龙

水。水。水。……

树。树。树。……

石。石。石。……

五彩缤纷与单纯金黄色的强烈对比。

这只是我对九寨与黄龙最浮浅的记忆。

众人密集的眼光占据了导游和解说词指点的目标，将我的视线挤到了别人不感兴趣的角落。

那奇异的山形，奇异的峭壁，奇异的古松，奇异的野花——难道就不是一幅幅奇异的风景？

看到了水中那些植物了吧，默默地守护着静静荡漾的绿波，不曾向来来往往的行人注目，更不曾为浅薄附会的传说招摇。它只相信，我只是生长在这儿的一株平凡的水草。

看到了那倒卧在水中的大树了吧，它何曾向游人乞求过怜悯的目光？怎样倒下就怎样睡去，有亲爱的水永恒的陪伴，何必为了世俗的跫音又醒来？

我突然有了悲哀。在一路走来的途中，一座寺庙，又一座寺庙，无数的经幡在风中招摇。到底是神在创造奇迹，还是在贪恋和追逐这迷人的世界？

酥油茶

无数次听到。第一次尝到。

招引来自一种莫名的清香，婉约又粗犷，细腻又豪放。

这就是酥油茶——它就是养育这个民族的乳汁吗？

一座民族的居处——静静地坐在山坳；一条民族的裙裾——自由摇摆在山坳；一张民族的脸庞——绽放着粗犷豪放的高原红啊！

我接过一杯酥油茶，想穿过那独特的香味去拥抱一种似曾相识而又陌生的感觉。

一朵民族的笑容典型地悄然盛开在那白色的墙角边。

我在努力感受酥油茶的清香。我在努力透过那朵笑容读那墙上海螺形的图纹。

那笑容突然变成了在风中猎猎的经幡。

酥油茶，盛开的笑容，海螺图纹——我的感觉无一能够穿越！

山风浩荡，猎猎经幡——那上面的文字，其实我一个也读不懂！

梦中的凤凰

一

张家界的鬼斧神工并没有让我的脚步流连。一路穿山越岭，我向着梦中的凤凰急急赶来。

夜已深，我很庆幸在这样的时刻抵达。我不想从那些宽阔的大道上，穿过林立的高楼，突然站在一座古旧的门楼的面前。在夜的氤氲中，让我先听听那种缥缈的声音，那些在文字里活着的声音——水流的声音，竹雀的声音，呼渡的声音，还有那个河对面树林中隐约的歌声，让这个遥远而熟悉的夜先把我的情怀古典成一杯米酒，在醉意中摇摇晃晃走进我梦中的凤凰。

整整一个晚上，我都守候在边城那些遥远的文字里，行走在湘西那些山野的风雨中。

二

睁开眼，我就站在了这条僻静的小街上了。

一条小溪在垂柳阴下无声地流淌，石头跳蹬倒映在水中如夜梦中依稀的情节。木头的房子，一座连着一座，雕花的门窗，一户连着一户。小客店里飘出神秘的肉香，已隐隐牵动着我那些关于湘西悠远的粗犷记忆。那些用利刃挑着吃食，在血腥中闪现着良知的人们，便开始在我恍惚的视野里鲜活起来。

石板铺就的小街，随弯曲的走向如流水一样自如。每踩上一个脚步，便忍不住要想象，我是否与大师笔下的某个人物并肩穿行在百年前的人流中；轻盈灵巧的少女的羞涩，在街角一晃就不见了——我突然想起了那个常常梦见虎耳草的女子！

三

我知道，这里叫作凤凰，这里不是大师文字里的茶峒。

在真实的街巷里徜徉，我游走在梦一样的故事中。茶峒，凤凰，不是一样吗？也许，茶峒就是大师的一个梦境，他将这被自己童年的脚步踢踢踏踏地奔跑了千万遍的街巷和门楼，城墙和清流编织成了一个陌生而又真实，遥远而又亲近的所在，让这个静卧在沱江边的小镇真正化为了一只凤凰，翩翩飞翔在无数人想象的星空。

我没能走进大师的故居。我只是在他家大门前来回折返了三次。我想从某个角度的某个深处，聆听一位慈母傍门呼儿的缱绻婉约，我想听到在遥远往昔的某个清晨，当晨雾从沱江边上漫起，从这个窗户里传出来稚嫩的读书声。

我还在痴痴地想，那个少年，在许多年前的某个清晨出门远行，他该是走的这条巷子，还是那条小街？

四

沱江的流水如此优雅，总觉得养育出翠翠那样的女子该是情理之中的事，而风起云涌般的绿林好汉却未必然。

远山并不高大，只是一种平凡的凝重。难道大师只是妙笔生花？放眼眺望那些远山，似乎难以想象有着那么多粗犷的故事在那些山坳里演绎。那些野蛮，那些质朴，那些血腥，以及那些爱，难道真的就在这抹平静的清流的身旁撕过心，裂过肺，惊过天，动过地？

那横卧水上的虹桥无语。那伫立在江边的古塔无语。青山无语，绿树无语。这些时光的见证者，早已不是唠唠叨叨的阿婆，他们已经坐化为小镇沉默的守护神。

小镇，风景未必绝佳。然而，小镇的悠远记忆却让万千游客如朝圣般蜂拥而来。一个人的故事便是整个小镇的故事，甚至整个湘西的故事。

没有了这些故事，凤凰也只是平凡的小城，湘西也只是平凡的山岭。

我追随大师而来，而我还是不能读懂大师。

这不仅是时间的距离，更是心灵的距离。

陕行速写

骊山脚下：我神思恍惚地行走

朝圣的车流。四方辐辏的南腔北调。

大平原上滚滚流淌着好奇的洪水。

一列在史册中屹立万载的苍莽山岭，止住了仆仆风尘。骊山，将远古的记忆陈列在脚下，如一个骄傲而钝于买卖的贾人，面对世俗的街市，沉默而傲慢！

阳光娇柔。成排的树木，秦风唐韵的舞者。我竟不知道她们是哪一家迎客的仪仗。

文字将唐的故事写在地面。那个更远的秦的情节被一个农人的铁锄无意中掘醒。原来，它竟沉睡的唐明皇的玉榻之下。

不知他拥着刚刚沐浴后娇弱无力的女子，在半醉半醒之际是否听到过龙床下金戈铁马的远声，或者那个霸气的王者悲情的叹息？

我凝视那些深壕中沉默的武士，会隐隐听到唐的舞乐在回荡；那些在烟霞雾霭中穿梭的幸临温柔之乡的玉辇，也会忽而幻成滚滚而行的战阵。

那个姓嬴的男人，总是在我的幻觉中与那个姓李的男人并肩而行。

生的，恋着这个地方；死的，也恋着这个地方。我不知道这两个男人是否探讨过个中缘由。天下何其大！你们的野心何其壮！生与死的眷念，未尝不是在诠释辉煌背后的平凡！

在骊山脚下这片旷野上，我匆匆的脚步在虚浮的记忆中游荡。

我神思恍惚——眼前飘扬的是秦时的旌旗还是唐时的大纛？我拜谒的到底是谁的家门？

圣地延安：在记忆中印证神圣

怀揣一本历史课本，还有许多遥远的记忆，我从成都平原出发，翻过巍巍秦岭，穿过坦坦荡荡的关中平原，向逐渐隆起的黄土高原迤逦而来。

为了那些神圣的记忆，在千沟万壑的回旋中，我心似箭。

一切，都只是为了印证！

那一条流淌着高尚而坚定的歌声的河流，不如想象中那样湍急。枯瘦的河床上如云的红男绿女，在我眼中，仍然是半个多世纪前在欢乐的歌声中洗衣嬉戏的灰色军装。

高楼，大街，红绿灯。遮不住河对岸那一柱巍巍的宝塔。

站在高处，我寻找那些健康的身影，坚毅的眼神，我聆听那些响彻云霄的信天游，以及那些繁华永远挡不住的庄严而神圣的精神。

对面的清凉山，沈雁冰笔下那个在晨曦中吹着军号的年轻身影，仍然如一尊雕塑清晰地呈现在我的眼前。

在杨家岭，在枣园。我在那些窑洞中驻足，在那些黄土小道上徘徊。我想握握那些伟大的手，我想静静地聆听他们智慧的话语。

在那个简朴的会堂里，坐在那有些蒙尘的木椅上，我分明看见了台上端坐的那些熟悉的面孔，听见了那些朴素的方言。那些关于民主与富强的字眼如同丰硕的红枣挂满枝头。

商店里，小米的价钱适应了市场经济的规律，喝一碗小米粥仍可以感受到生命和意志的坚韧。

在这莽莽黄土高原的深处，一些指点江山的巨擘摇撼着整个古老民族的灵魂，制造着惊天动地的雷声。那时，南京城的古城墙，陪都重庆的两江水，如何能够感受到这偏远一隅绝世的神圣！

时间已经远去。记忆依旧清晰。

遥遥奔波而来，我不为胜地，只为圣地！

黄河壶口：让血液与河水一起奔流

远远的，我已经望见了那片宽阔的河床。同我的感觉一样枯瘦。

九十多元的门票，不会削弱我朝圣的激荡心情。母亲河，我第一次这样急急地投入你的怀抱。当我紧贴着你的胸膛的时候，我枯瘦的感觉便开始惊涛拍岸。

天崩地裂的断崖，制造了惊天动地的呐喊。断崖之上，肆意横流的散水归于一壑，做孤注一掷的跌落，万众一心的撞击，挥洒出白浪滔天的汹涌。在河心的深壑中浩浩荡荡，凝聚出直奔东海的壮心。

震撼——我已词穷！母亲的心跳，我只能默默地谛听！

河床枯瘦，那只是母亲羸弱的身体。黄水汤汤，母亲的血液却在激荡奔流。

对岸，是山西的地面。同此岸一样，游人如织。我知道那些都是我的弟兄姊妹。我看得见他们的面容，隐隐听得见他们呼声。招手交换着彼此的快乐。

我无法握住他们的手！但是我们都依偎在母亲的身旁，一同感受着母亲跳动的心房。

那组著名的壮丽旋律一直回荡在我的心里。那个站在岩石上眺望的汉子，你可是家在过河三百里的张老三？那个抱着孩子的老者，你可是曾经勇往直前地划桨的黄河船夫？

我在震耳欲聋的壮阔中痴痴地遐想。我让我沸腾的血液与母亲河一同流淌，一直奔流向遥远的东方！

在巍山古城

1

离开洱海那一片喧嚣中醉人的碧蓝，我们在滇西高原的崇山峻岭中一路向南。

蓝天。白云。红土地。透明温和的阳光。

子实饱满的高原，在初秋的热风中显出几分慵懒和迷离。

2

巍山。被苍山洱海的身影遮挡了光芒的深深后院，原本比那一片风花雪月的山水更加风月无边。

那是一种原汁原味的古。

古城楼，古街巷，隐约着古老时光的记忆。斑驳离落的土墙，疯长着青草的屋顶，幽深的天井，朦胧的天光。

倚门闲坐的老妪，脚边偎一只不知年岁的黑猫守望正午的寂寞。

云在头顶奔跑。檐影在窄窄的石板街面无声地爬行。

我们陌生的跫音，在古旧时光的拐角处反复回荡，在异乡的空气里竟生出了一种流浪的仓皇。

3

还有多少人知道——那个叫作南诏的古国，它最古老的宫墙和巨大的础石就湮没在这片宁静得有些瘆人的土地之下？

在晶亮的日光下，还是在夜里的梦中，我都没能够复原那一段遥远的影像。

眼前总是晃动着崇圣寺三塔玉白色的身段以及它身后云遮雾绕的苍山，还有那倒映着一弯新月的洱海的波光。

南诏！南诏！

这个漂浮不定的名词，就像一片轻盈的纸屑，找不到停留之所，最后飞回了历史教科书的插页中。

4

我原本只是来看稀奇的过客。

农贸市场那些古怪的瓜菜和水果，那些野菌和野味，把我完全融化在了世俗的风中。在弥漫街巷的菜香里，被乡土的话语和回眸一笑的窈窕身影蛊惑，我无法走进巍山远古的记忆。

在一座森严寺庙外面的一棵千年古树下，我们围坐在一起喝着簸箕茶。

在这异乡的氛围里，我才开始对这座古城有了一丝依依不舍！

攀西行吟

大凉山，一路写满了苍茫

即使驱驰在一日千里的高速路上，依然挡不住大凉山那震慑魂魄的苍茫！

扑面而来，再扑面而来……直至淹没和融化。

你见过那么厚实的群山吗？

你见过那么葱茏的大地吗？

你见过那样连绵无际的起伏吗？

在我的记忆里——那里总是聚集着神秘莫测的传说，焦苦难忍的哭泣；那里聚集着野蜂出没的凶险，以及晃动在黑色鞭影下面目的狰狞……

而现在，我亲自穿行在这片无际的高原，那一切都在这森严的氛围里暂时隐形。

在无际里，山岭已幻形为起伏的原野，树木已幻形为缥缈的云烟，路途已幻形为隐约的梦境，鹰隼已幻形为缓游的流岚。

我们的车轮碾过碎絮般的云雾，渐入一种未知的苍茫。

粉色的喇叭花，朴素的土豆花，星星点点的荞麦花，装点着大凉山脊梁，如彝族汉子肩膀上披着的朴素而厚实的查尔瓦。

层层叠叠的山，层层叠叠的褶皱，是彝族汉子沐浴在高原罡风中的脸庞。

矮树。灌丛。铺地的绿草。凉风，总在不停地梳理着攀西高原的须发。

在大凉山行走，朝着任何一个方向都在走向纵深的苍茫。苍茫的山野，苍茫的行迹。

竿竿酒的芬芳，坨坨肉的粗犷，浸润着我对攀西高原的记忆。

篝火燃起来了！锅庄跳起来了！酒杯举起来了！粗犷的歌声响

起来了！

行走在苍茫的大凉山，我的脚步醉意正浓！

水，是攀西高原的血脉

如果说，攀西高原是一副俊朗深沉的身躯，那么，流淌于其间的水则无疑是它的血液。

金沙江，大渡河——是动脉；邛海，泸沽湖——是静脉。

如安宁河一般的万千流水，是遍布它躯体的最富生机和诗意的脉管。

一路行来——我行走在攀西高原的山水之间。

行走在无名的清涧，身边是滴滴答答的细瀑。

行走在斜缓的溪谷，身边是琴韵玎琮的流泉。

行走在开阔的河滩，身边是婉约无声的碧潭。

行走在逼仄的深壑，身边是翻滚怒吼的巨龙。

在攀枝花，当从飞架的长桥上走过，当从花园般的沿江公路走过，我的眼睛从来没有离开过那一江滔滔的激流。金沙江，沉静中暗蓄着巨大能量的高原的脉管，两岸高达天际的山影，掩不住偶尔掀起的白浪。

从厚实的大凉山穿越而过的大渡河，更像一个活泼好动的懵懂少年，在幽曲的峡谷中高唱着野性的牧歌。

而在泸沽湖，我看见了无际的细若绸缎的碧蓝，还有摩梭少女格桑花一般艳丽的脸庞。在暮色里，在野性的温柔中，我们被带进了走婚传说的美妙遐想。

在邛海，连天而来的波涛揉碎泸山的倒影，孕育出一片飞鸟翔集的梦境，过滤出一片诗意般的安宁河的富庶。

遍地的苹果和花椒，火一样燃烧在攀西高原；一望无际的绿树和草地，水一样流淌在攀西高原。

一望无际的攀西，水是灵动的，山是沉稳的。

雄性的攀西。婉约的攀西。

动与静结合的血脉，让攀西高原灵性飞升。

在攀西，激情在酒杯里燃烧

行走在攀西高原，行走在烈酒燃烧的火焰里。

将世界浓缩成红黄黑三种色彩——天空、人类和大地。一个崇尚火焰的民族，天空就是燃烧的火焰，由黑色的大地提供厚实的热量，由粗犷的彝人用激情点燃。

用激情点燃杯中的烈酒，用激情点燃民间的传说，用激情点燃毕摩的咒语，用激情点燃永恒的梦想。

用激情点燃飞鸟的翅膀，用激情点燃浩荡的流云。

用激情点燃激情。

父亲的酒曲，将天地日月发酵成响彻高原的嘹亮歌谣。母亲的身影映在陡峭的岩壁和幽暗的丛林，甜美的蜂蜜让烈酒再窖出醇厚悠长的温柔。

一堆堆篝火燃起来。一个个身影舞起来。一杯杯美酒举起来。一曲曲赞歌唱起来。

在攀西高原，在大凉山的深处，红色的火焰在升腾。

苍茫的大凉山，在燃烧的烈酒中起舞。

那一轮苍茫的月可以见证。那一条奔腾的河可以见证。沉寂在苍茫高原的无数传说，血与火的记忆，总是燃烧着烈酒的火焰。

将苦难融入烈酒，将友谊融入烈酒。将誓言和信任滴入盛着烈酒的三色木碗。

歃血为盟的殷红，终于将大凉山隐忍的激情蓬勃为遮天盖地的烈火。

那个夜晚，在普格——那个大凉山深处的小城，渺远的夜空挂着一轮苍茫的月。我们和一群大凉山的汉子，在楼顶上举杯豪饮。

那时，我分明看见了整个高原都燃起了熊熊的火焰！

废墟上的足迹

映秀！映秀！

青山夹峙，红墙碧瓦。阳光煦暖，流水温柔。小镇，在深秋的风里慵懒如梦。

那一场天翻地覆的记忆，留下了一个标本——倾斜，破碎，挤压，悬空……无声的废墟，空洞的窗口，像一个倒地的身躯在做最后的呐喊。

一面破裂的巨钟，将时间停止在 14∶28。

沉落已久的呼叫和烟尘，滋养了众多绿色的蕨草和无名的树。屋顶上，窗台上，缝隙间——它们日日打量着来来往往的脸。

从小镇僻静的角落，有低沉的音乐如流水般溢出。

映秀！映秀！

一个美得令人心醉的名字，让每一个过客竟不敢发出赞美之声。对面山腰上那一片灰色建筑，总像一片晦暗的云翳罩着山谷中的小镇——那里安睡着无数永远沉默的生命。

5·12震源点

一块巨石静坐在深坑的底部，四周的围栏将它变成了供人参观的文物。

我不知道它本是哪一座山头的身躯，我也不知道它是用怎样的方式来到了这里。

河水流淌无声。峭壁端坐如佛。

两只鸟儿，站在巨石顶部梳理羽毛，相互亲吻。风，从秀丽的小镇吹过来，带着野黄菊的清香。炊烟正从河谷里袅袅升起。

在围栏边，我久久地站立。总也控制不住自己要去想象脚底下，那一场惊天动地的断裂和起伏——一块巨石，压着一个怎样的秘密？

山岭苍茫，曾经撕裂的伤口还没有痊愈。一个手抚栏杆留影的女子，竟笑靥如花！

水磨古镇

依山傍水，阳光热烈。彩色经幡在山岭上飘扬。

大山苍茫的雄性与温柔的水，在几座造型各异的廊桥上拥抱。

日光下，层层叠叠的楼向山坡一路漫上去；褐色的墙，白色的檐，海螺纹的图案。羌笛悠悠，从小巷溢出，在街面上如烟霭般流淌。

一座羌碉，立在街口引导游客步入记忆深处的路径，满身热烈的红，熊熊燃烧着羌人的古典豪情。

层层高起的民居，将奇异的图案和白石一直装饰到半山腰。

水磨，我没有看见；古镇，已是一座新城。穿行在如画的廊桥上，我拒绝去回想那个已经远去的时刻，远去的日子。

在汶川县城

我们穿行在人流之中，穿行在古香古色的市井之中，穿行在古威州川菜麻辣鲜香弥漫的街巷。

川西高原金子般的阳光，唑唑有声，在处处耀眼的白色石头上，在河岸边一路招摇的经幡上，在市镇鼎沸的人声中，跳荡出一种隐秘的旋律。

我们穿行在高原金子般的阳光中。

那一场惊天动地的震颤腾起的迷雾早已消散，河谷中空气阳光伴着悠悠羌笛，明净无比。

鳞次栉比的高楼在河谷里疯长。穿戴鲜艳的羌女如高原草坂上怒放的格桑花，让一座瞬间倒伏的城池再度葳蕤。

汶川——这个在遮天蔽日的尘土中腾起的名字，已在涅槃中重生。

茂县河谷

那个曾经被山崩地裂腾起的尘雾笼罩的河谷，那个曾经被一群军人徒步两天两夜用意志和生命打通的河谷，那个曾经让十五个勇士从 5000 米高空用无畏的跳跃投下生的希望的河谷——岷江水，正在静寂无声地奔流。

匍匐的羌碉，从一座座山头重新站起。断裂的桥梁，从岷江两岸重新挽起了手臂。

雄鹰，在天空俯瞰高原的苍茫；云雾，在山岭上编织宁谧的暮色。朴素的笑容，在大街上像清风一样流淌。

此时，我打开了多年前的记忆——携着高原暮色的苍茫，我们在这里投宿；街边，啤酒，友谊，还有欢乐的歌声。

一场灾难让往事无迹可寻。我伫立在一座崭新的大桥上，任河风整理思绪。

山谷中的羌寨，已经炊烟四起。

一篇被喧嚣湮没的大赋
——谒郫县友爱镇扬雄墓

一

我坚信：在这片喧嚣的后面，你是什么都看到了，什么都听到了。

在川西平原偏西的一隅，在被纵横的大道割裂出的一小块林地中，你已打坐两千年。

天生口吃，却将巴山蜀水的灵气和远古的风云纳于胸中，用岷江之水酿成一怀锦心。

丛林里的杜鹃鸟在季节的轮回里啼血。西岭的积雪化了又白白了又化。

难于上青天的蜀道，虎豹虫蛇的咆哮总是一次次传来远方的回响。

一次次试着从笔端奏响来自心底的歌吟，却总是被四围高山的阴影阻挡，被来自西边高原的狂风吹散。

二

你那位老乡，那位走了桃花运的司马才子，抚琴挑逗美人的旋律并未从半个世纪的时空里消散。

当垆涤器的手，牵着爱情在川西平原春天的花海里肆无忌惮的招摇，弥漫着酒香。

你似乎并不羡慕那种私奔的激情，心里始终激荡着一阕更为壮阔的歌唱。

司马才子的歌声是你神往的天籁。子虚乌有的上林苑的神秘和丰富，总在你的心底共鸣着蜀山之外的遐想。

你的家世出卖了你艳遇爱情的勇气。你也没有可以为凤求凰的绿绮琴。

只有一篇还在心底发酵的大赋，隐隐泛起了酒香。

三

再说说那些远离川西平原的故事吧。

长安城的落日，也许照耀了无数次遥望故乡的脸庞。

献上一章《甘泉赋》，又献上一章《河东赋》。谁知道你心中那泉是不是故乡之泉，谁知道你心中那河是不是从岷山中奔涌而出的母亲河！

当你在森严的庙堂之上唱得意兴阑珊的时候，黄鹤难越的秦岭正云遮雾罩。

当你在《太玄》和《法言》的深奥里躲避改朝换代的暗箭的时候，心底大概猛然飘起了这样一句话——何处是乡关？

这时，你心底那一篇沉睡已久的大赋又开始萌动新的辞章。

四

在新朝皇帝的天禄阁上纵身一跃，这情节只是你那一篇大赋的一个隐晦的典故一个含蓄的隐语。只是你为已够沉重的氛围再添一抹暗红色的晚霞。

接下来的漫长岁月，我们就在川西平原的一隅看见一座不起眼的土堆。土堆前残碑上隐约着轮番飘扬的大王旗。

谁也不想再去记起那个曾经口吃的男人的故事。

他本已被时光遗忘。他本应庆幸自己被时光遗忘。

却怪唐朝那个多事的刘禹锡，一句"西蜀子云亭"竟搅起了世俗的风云。

西蜀不大，但安放的子云亭却不计其数；西蜀不小，但能收容你灵魂的却只有故乡的一抔土。

五

一方堆土。一丛柏树。被青菜萝卜和鸡鸣狗吠包围，被隐藏在林间散乱的农舍包围，被四季晨昏袅绕的炊烟包围，被远远近近的车流和喧嚣包围。

多年以来，你被附近民众的香火祭祀。他们不需要你的文采，他们只固执地希望你给予他们幸福和平安。

偶有导游带着一车老外来此迷茫地观望。先生，不知道你看见这些金发碧眼的人是否迷茫？

土封上，七八个赫然的盗洞让人穿越古今。我仿佛看见了那一篇大赋只剩下一串省略号！

我问旁边洗衣的农妇——知道这墓里是谁？

扬雄先生！——她头也不抬地回我。

"先生！"仅这两个字已足够让我在深冬的暮色里得到无穷的慰藉！

玉垒浮云变古今

在伏龙观，我被一片涛声淹没

望不见雪峰，我认定你终究沦陷在世俗之中。

即使披上满身的绿色和袅绕的香烟。即使让秦朝的那两个姓李的男人高高地站在二王庙，向人们唠唠叨叨地申说那不同凡响的悠远的岁月。

岷江水的涛声，出宝瓶口被一道又一道的闸口加热，分解，披挂上鸡鸣狗吠的嫁衣送入民间。

人们流连在宝瓶口，不厌其烦地望向下游，欣赏两股流水的分道扬镳。有谁的视线曾回望且越过了分水鱼嘴前面转拐的峡谷？

在伏龙观，我遥望雪峰的视线被涛声淹没，被南归的雁行一次又一次折断，悄然沉落在川西高原一望无际的褶皱里。

一杯清茶，陪我静坐在仰天窝的夜色里

晚风沉入激流。紫蓝色的夜从水面氤氲而起。

野性的岷江在这里被打扮得分外妖娆，文静得仿佛一个即将出嫁的村姑。

今夜，穿过这个叫作灌县的古城，她将义无反顾地奔赴那片芦花盛放的原野。

静水深流。高贵神秘的水雾隔绝咫尺的繁华，一分为二，二分为四，四分为八……这古堰的夜色，明晨将化为川西平原黎明的曙光！

今夜，我的梦境已在夜色里披着霓虹起舞。我赶不上江水远去的脚步。一杯清茶，且陪我静坐在夜色里，等待两千多年时光的回归。

宝瓶口是一个隐喻

从高原褶皱里奔涌而出的激流，就算分水鱼嘴默许了你的选择，你未必躲得过飞沙堰的盘查。

那狭窄石槽里的争先恐后，谁又知道南桥的霓虹指你向左还是向右？你是就此安睡进一只茶杯里，还是穿过喧嚣去民间摇曳炊烟？你是要经过那座古旧的碾坊，还是要悄悄绕过那片蒹葭苍苍？

宝瓶口，是驿站，是逆旅，是邂逅，是眺望，是挥手，是来不及拥抱的别离。

每一滴岷江水的命运，宝瓶口都知道。

宝瓶口，却永远守口如瓶。

灵岩寺，凉风中的曼陀罗

在凉风中，在银杏叶簌簌地飘落的意境里，在一个雾气迷蒙的秋日。

一串串妖冶的喇叭，摇曳着细瘦的腰身，在清凉中悬挂。翠绿与玉白的神秘融合，优雅着魔幻般的蛊惑。微微地战栗，无声地喘息，招引怜惜的眼光一次次地抚摸。

那满含异域情调的名字，分明正晃动着露脐的腰肢，摇响着中亚细亚浪漫的脚铃。摄魂的眼波让一队队驼铃迷失在茫茫沙漠的深处。

高处的灵岩寺，隐隐的钟声从围墙漫出来，停在金黄的银杏叶片上。

曼陀罗，你是一只从《聊斋》里出逃的狐，我们在这片丛林里邂逅。

我们一起坐在这片山坳里——

看山。看水。看玉垒浮云变古今。

冬日里的青枫树村

牌坊

默默地站在那里，像一位古装的少妇，眼睑低垂。

轻薄的雾霭在附近稀疏的林间游荡，不时有尖厉的鸟鸣来自未知的角落。

沙西线车流如潮。柏条河静流无声。

青枫树村站在牌坊的身后，又像个腼腆得不知所措的男人。

在三道堰的近旁，川西平原的寻常一隅，在那座牌坊的周围，冬日熹微的晨光正冲泡着一盏暖气氤氲的盖碗茶。

村道

没有水牛的轻哞，没有牧童的笛声，没有蛛网挟了露珠收藏的蹄印。

水泥路将通俗的乡梦织成迷宫。淳朴的鹅儿草和倔强的铁链草不见踪影。

两旁挨挨挤挤站满了婉约的花树，裸着腰身等着春风来临时投桃报李。

青枫树，确乎不曾见到。村——只剩了个名字！

路口椅子上，几个佝偻的身影宛如雕塑。絮絮的话语，向远方依稀唤出几声鸡犬的欢歌。

农舍

草屋顶没有了。矮院墙没有了。穿斗木架的民居也没有了。

猪们饥饿的尖叫没有了。顾家的守门狗的恶叫也没有了。

山茶花临水自照，粉艳着羞涩。花园里静默的秋千架凝着昨日的笑声。

三层楼的西窗正适合拥抱着梦的余温遥望远方。

几只昏头昏脑的蜜蜂，不但乱了季节，也忘了油菜花疯狂的古典田园。

八月旅迹

威信：走进红色的高原

从川南切入那条红色路径。威信，在群山的怀抱里静候有缘的过客。

街市喧嚣，刺目的阳光下流淌着高原的凉爽。在网络里穿梭的红男绿女，乡音并不拒绝远人。高原只是个地理概念，挡不住一切遥望的视线。

路灯是红色的旗。路口有红色的标语。广场上，巨大的红灯笼是悬在小城头顶的一轮太阳。

这里，红色是飘动的云，是流淌的河，是耸立的山。

纪念碑。纪念馆。烈士陵园。在群山高处俯瞰众生。

电话机。文件袋。蓑衣斗笠和草鞋。静默在游人的敬意里，无需唠叨那段远去的时光。

密集的枪声早已息了。飞溅的鲜血早已凝了。无数远道而来的脚印在时光的风雨中早已湮灭。凝固的红色毕竟是红色。谁改变了谁，谁拯救了谁？这些命题可以无解。

火把只是过路的火把。滴落的火星埋入高原的泥土，在合适的温度和水分中醒来，重新燃烧成口号、拳头和热血。

在高原苍茫的峡谷里，红色渲染了灵魂，并漫延成一片红土地。

鸡鸣三省：我们的家园

站在这个点上，所有的前方都是他乡也是故乡。是归来也是远行。是回首也是遥望。

鸡鸣诗意在俗世里，在故乡的庭院呼唤远行的脚步，向流浪的风传递平安。炊烟，一边安慰归来的青山一边送别远去的绿水。

母亲伫立的身影，把三省都变成了家园。

风分不清方向。云分不清方向。路分不清方向。飞鸟分不清方向。乡音分不清方向。血脉分不清方向。

所有的传说都在这条峡谷里回荡。那面晃动着白光的绝壁，阻挡离别也接纳忧伤，把一声呼唤反复折叠，变成一声鸡鸣，唤醒高原的太阳。

无论涉水的路径还是跋山的纵横，高原就是高原。云贵川是别人的称呼，高原就是我们的家园。

远来的脚步，从高原的黑夜疾行而过。火把穿不透厚重的夜色，呐喊逼不退尾随的足音。血在黑里不能显示血色，梦在黑里不能辨识方向。

只盼高原的西风漫卷旌旗。只盼一声鸡鸣唤醒大西南的黎明，照亮迷失的途程。

鸡鸣三省。红日照亮我的家园。

威宁：在草海触摸一片蔚蓝

在红土高原的崇山峻岭中穿越，突然跌进了一片纯净的蔚蓝。

凉风过滤阳光，过滤远远近近的喧嚣，将无边的透明弥漫在四围起伏的地平线上。

威宁草海，静静镶嵌在高原的褶皱里。

你用二十万年的寂寞等待我的找寻。在两千多米的海拔高度，在一片透明里被一声鸟鸣填满时空。

一片轻盈的羽毛驾着凉风泊于涟漪之上。轻微的颤动，如脉脉的眼风，洞穿和扩散。

这蔚蓝如此纯净——无论是横向还是纵向，无论是精神还是物质。视线在时空里任意切割，蔚蓝还是蔚蓝。混沌的谜一样的蔚蓝，在威宁被一片水草托起。

谁分得清那鸟是浮在水里还是飞在天上？谁分得清那树是站在泽中还是立在岸上？

那支竹篙，是架在蓝天划动水面的涟漪还是撑在水底点破蓝天的静默？

被鼓动的船歌朴素羞涩，如岸上村落的炊烟，在水与草纵横的迷阵里自甘沉溺，响穷草海之滨。

远方有楼群窥视的身影，鬼祟而贪婪。在蔚蓝的世界里，没有什么可以隐形逼近。

鸟的翅膀可以阻挡。鱼的游鳍可以阻挡。渔歌可以阻挡。竹篙可以阻挡。只有欲望才能出卖这二十万年的蔚蓝。

草归草，海归海。

当炊烟匍匐于粼波之上，海水浑浊之时，招引而来的岂止迫不及待的跫音！

花溪：我在公园里晕头转向

不知道有几个入口。不知道那些入口朝向何方。一个外来人从烈日下遁入一派阴凉，晕头转向。

四面都是水。有的河流像湖，有的湖泊像河。水在喀斯特里疯狂，又在荷塘里静默。野草与鲜花纠缠，一会儿在水里，一会儿在岸上，共同繁荣着这个夏季最后的热烈。

英雄的墓地是隐蔽的景点，像远去的黯淡时光。名人的典故被镌刻在镜头前，在远景里幻为虚像。时光在夏日的蝉鸣鸟声中慵懒，甚至有些自甘堕落。喧嚣踏碎太阳的阴影，驱不散又聚不拢。

在贵阳之南，花溪河畔，喀斯特藏着无数秘密。

有谁知道地下有多少条暗河？有谁确定眼前流水的方向？有谁明白满园文字里说的是谁的心事？有谁在乎静水深流中也有凝重的

目光?

在公园里迷失方向,需要借助 GPS 导航。循着一个名字而来,却不知道要带着什么而去。一段半老不老的时光,在八月初的一个下午,睡意蒙眬!

荔波:小七孔的传说竟没有夹带爱情

先是逆流而上,接着又顺流而下。

溯洄从之还是溯游从之,都不见伊人。从《诗经》的十五国风里悻悻而出。

树是山的陪衬,山是水的陪衬,水是绿的陪衬。

一沟翡翠在林壑间游荡,在乱石间逡巡,在六十八级台阶上跌宕白玉的幻影,然后又复归为绿。那一沟绿啊,被小七孔温柔地拥抱,在黔桂结合的僻隅,静若处子。

七个少女,与一个叫作阿吉的瑶家少年,竟然没有发生爱情的传说。只为了堆砌一座桥,这在天下所有需要门票才能欣赏的风景里,都很不正常。

小七孔石桥,连通了西南与华南的脚步,连通了云贵与两广的脚步,连通了大山与大海的脚步。求生的脚步,求利的脚步,求爱的脚步。这些脚步,被七孔石桥举起,被七孔石桥目送到远方。

小七孔石桥,是为这一潭翡翠而存在。它既是为了连通,也是为了拒斥;它既是为了迎接,也是为了远送;它既是为了热闹,也是为了宁静。

而阿吉仍然没有在传说里酿出爱情的情节。那一潭翡翠,已绿成永恒的沉默。

蚂蚁般的游人,涌来涌去。在这条沟里,他们其实什么也没看见。

镇远:一只清代的邮筒在守望时光

一个圆柱体静静地站在街边,身旁是熙熙攘攘的人流。绿色隐约，那来自西方充满洋味的符号也早已古典成了时光的记忆。筒身上盘龙环绕，拱卫着"大清邮政"的威严。

门楣上的匾额，"镇远邮驿"四个隶体大字像一位长衫马褂披辫子的老者，怪异地打量着门市里晃动着的各型手机。

镇远不远。这一片山水就在你的怀抱之中。

山水之远近，在于人心。心远了，再多的驿站都是战场，再多的信息都是箭镞，再多的信使都无法安抚远去的山水。

一只邮筒，被命运遗忘，却担负起守望时光的使命，见证三百年风雨的晦明。

黔西南的岁月终于宁静。舞阳河的水在无声流淌。除了廊桥风雨带着些许异乡情调，所有的脚步都如行走在故乡。那些倚门回首的青春面庞，以及凭窗而望的慈祥耄耋，都是与我血脉相连的亲人。

心有祥和，虽远何镇？血脉相连，何以镇远？邮路穿越千山万水，不如穿越人心。

——那只沉默的邮筒，似乎在这样对我述说！

雷山：在千户苗寨，我只能望见一片瓦屋顶

翻山越岭，风雨无阻。站在那个山坳上，我望见了一片黑压压的瓦屋顶。

对面向阳的斜坡上，一面巨幅的黑色绸缎展开。那用黑色瓦片织就的苗乡风景，用隐约沉沉的铜鼓叙说历史，而铜鼓声我读不懂。鼓声中的情绪在空旷的峡谷中，化为一群飞鸟，在热风中划出无数条弧线。它们飞翔的意义谁能解读？

芦笙。铜鼓。风雨桥。银饰。歌舞。牯藏节。真与假的传说。荤与素的习俗。

站在一条长路的岔口打望。谁能看得清苗家的炊烟是如何在山风中袅袅升起？谁能听得懂苗家歌声是如何在演绎苗岭的时光？谁能辨得出糯米酒里的香甜由几分汗水和几分欢笑酿成？

我们排长长的队。我们在沿街的食物和小商品中择路穿行。我

们的眼睛在一群银饰晃动的欢舞者之中就已迷失方向，像一阵盲目的山风湮灭在那一片黑压压的瓦屋顶的海洋里。

然后，我们消失于苗岭的苍莽，就像我们从来没有来过。

秀山：有虎耳草的地方才是边城

有个地方叫作边城，人们蜂拥而至。有一条河，有一个渡口，有隐隐的远山和一座白塔。因为那里传说着翠翠的爱情故事。

拿着门票，在摩肩接踵的喧嚣中，没有听到一声竹雀的鸣叫，没有听到一句呼渡的应答，更没有听到半夜里隐隐飘来的歌声。

而且，那里并不生长虎耳草！

在洪安，烟雨蒙蒙的洪安。远山隐隐，雀鸣声声。有一条从经典里淌出来的河，叫作酉水。有一个无名的渡口，只有待渡的木舟。

这里没有白塔。白塔不是在那个雷声轰轰之夜倒塌了吗？

端午节的热闹暂时沉寂。翠翠的故事散落民间。

河岸边到处是茂盛翠绿的虎耳草！

风雨桥上仍有羞涩回首的眼神。而茶峒就沉静在烟波缭绕的彼岸。

边城不是遥远，而是自持。边城不是迎迓，而是远送。边城是一段民间的故事，聆听不需要门票。

不管那出走的少年何时回来，他仍是少年。尽管等待的翠翠已过百年，她永远是书中爱做梦的村姑。

这个涨水的季节，会让人想起木排，想起险滩，想起离别，也想起思念，想起虎耳草！

一条龙舟挟着鼓声穿过烟雨，正赶往下一个端午节！

酉阳：谁在龚滩等谁？

那句广告语刻在石头上——我在龚滩等你！

我知道"我"是谁。我也知道"你"是谁。我更知道"我"为什么要等"你"。

下午的烈日从对面的山脊射下来，酒旗在热风中飘飞。悬崖上的龚滩在孤独地燃烧，与谷底绿得深不可测的乌江，相看两不厌。

乌江从未等过龚滩。龚滩等到的乌江转瞬还是那条乌江吗？

一千七百年的历史随时间逃亡。一千七百年的悲欢跟文字私奔。在这亘古的时空里，谁也没有等过谁。

客栈的木窗没有等过江面飘过的帆影。街上的石板没有等过匆匆而过的脚步。曾经的繁华没有等过喧嚣之后的寂寞。甚至，眼前的龚滩，也没有等一公里之外的龚滩。

一个文绉绉的江湖的码头。"我"在等"你"！——"我"在等盲目的脚步带来的金钱，等"你"怀揣艳遇梦想的奔赴。

滇行随笔

在西南联大旧址

这个名字，静坐在历史中沉默不语。在喧嚣中坚守宁静，却被淹没在喧嚣之中。

在大西南的一隅，在昆明城的一隅，在云师校园的一隅，只给那一段峥嵘岁月留了一段空隙。而四围高楼，居高临下，打量来往匆匆的脚步。

无法还原那段烽火连天的岁月，无法还原那片远离市区的郊野，无法还原那些疲惫而坚定的身影，那些悲凉而睿智的话语，那些匪夷所思的掌故，那些阴险的枪声，和那些暗红的血泊……

这在喧嚣中顽强地残存的遗迹，仍会把我的视线引向遥远。

——辗转流离的风骨，硝烟中挺直的柔弱脊梁。

学问可以不被枪炮声干扰，也从不拒绝在黑暗里与魔鬼辩论。

五千年来，有哪一段历史如此不拘一格，如此回肠荡气？

很多人在门口留个影，表示我曾来过，而脚步却不曾踏进那段时光。就算在那简陋的教室窗户外稍稍驻足，望一望那些桌椅，也未必每个人都能听见那遥远的书声。

我要为抚仙湖守住秘密

我知道这是个湖，但我就是要把它看成海。

巨轮可以没有，只要有孤帆远影的意境；惊涛可以没有，只要有浪拍堤岸的歌吟。

烟波深处，是海的无垠。遥望即远方，彼岸只在永不可及的梦中。

急雨和烈日交替，水花做了海盗，瞬间掠走晃眼的散金碎银。

——这海的秘密，我不会对人说起。

我不驾车沿湖环绕，只在中途返回。

我知道大海无垠，前路指向天边，青山永远相随。我用放弃尊重你的广阔，我用沉默与浩淼对视。

我连做一个水手的愿望也没有，我无法征服这无边无际。

我只好站在岸边，看红日沉入海底。

据说湖底有一座古城，我只当作是杜撰的故事。真有古城藏在湖底，谁有权去窥探它的秘密？

上下天光，微波万顷。苍鹰在空中编织阳光和雨水。

感谢高原不可捉摸的阳光和雨水，面对人间的好奇守口如瓶。

这一片海，我一滴水也不敢靠近。我也不敢寻觅抗浪鱼的踪迹——这片海的精灵！

抚仙湖，我曾来过。我不知道你的任何秘密！

我咀嚼了一片皇家贡茶

从哀牢山，我们翻山越岭来到无量山。

在无量山的支脉困鹿山上，我咀嚼了一片皇家贡茶。

秘藏深山的历史，就算用篱笆围起来，就算在石头上刻上警告的话语，一群在林下觅食的民间的鸡鸭已全然蔑视了它的神圣。

天高皇帝远。

那些都叫作茶树的植物，全无惧色地向它靠近，和它争夺清雾和阳光，和它站在一起与山风细语。

乡土的永远属于乡土，再喜欢荔枝的杨贵妃，也不能让一棵南方的植物去长安跪拜。

民间的永远属于民间，独品异珍的权力早已烟消云散，而这棵树仍在陪伴农舍的炊烟。

我远道而来不是为了朝圣，只想看看——一株植物是如何轻而易举熬垮一个王朝。

摘下一片茶叶细细咀嚼，在渐渐漫延的苦涩中，再也品不出疾驰的马蹄声和遥远宫廷里傲慢的威严。

在困鹿山那个皇家茶园里，我一直晃荡到意兴阑珊。

景洪大金塔

我们在太阳的阴影里坐了很久，南国的风从四面八方吹过来。

威严的尖顶，用通体的金黄俯视众生。四面的门都紧闭着，不接纳俗人的虔诚，也不屑让一望无际的喧嚣醍醐灌顶。

佛在高处，看得清东南西北。

在佛的脚下，我时而疾走，时而缓行。

佛身上裹着那么重的黄金，也许会转身不灵。

我在低处，却看见千佛一面。

一队小僧侣从广场走过，暗红色的僧袍在游客的丛林间燃成一道火焰。

远道而来的穿过雨季丛林的脚步，"哨多里"和"猫多里"的异域浪漫，并没有受到孔雀开屏的诱惑。

在这个平静的正午，一场急雨之后的阳光，目送那一队红衣少年隐入民间。

看不见的界线

在打洛口岸，导游指着对面那一片隐隐的山野说，那就是缅甸。

那一片山野，树木阴翳，云雾缭绕。不是跟我身旁的土地一样吗？不是跟我老家的山野一样吗？

炊烟袅袅，群鸟翔集。穿过云层的阳光洒在南中国的土地上，也洒在缅北的土地上，而阳光竟是一片无际的海。

国门威严，拒绝偷渡的欲望，视线折断在国徽之下。

一群无名的鸟却从头顶越境而去。

一切都乱哄哄。商贩成堆，遮道议价。

乱哄哄之中，一队武警齐步而来。一切无序都归于隐形的有序。

看得见的界线可以穿越，而看不见的界线插翅难飞。

一条线，隔离了权杖的光芒，隔离子弹飞行的方向，但无法隔离流水的脚步，以及鸡鸣狗吠的对唱。

一棵站在界线上的树，大家在猜想——它的地下的根，是伸向南方还是伸向北方？

界碑也成了风景。两边长同样的草，生同样的树。突如其来的暴雨从天空倾泻而下，界碑两边的土地上跳起同样的水花。

但是，脚步不能越过那半尺高的竹篱笆。

天地本无界，竹篱竟长城！

川北抒情

在剑门关城楼遥望历史的烟尘

登上剑门关城楼，且让我做一个时光的旁观者，且让我笼罩于战车之后的滚滚烟尘。

一座雄关，镇守南北分野。在传说中逐渐清晰，被无数剑戟刻入竹简，被无数呐喊载入史册，被无数脚步带入浪漫粗犷的唐诗和宋词。

南来北往，马蹄声碎，冷兵器的寒光在此闪烁。一个个锦囊次第打开，一段段时光次第湮没。

传说在遗迹上发芽开花。夕阳苍茫，杜鹃鸟在林间啼血。

遥远的故事，明修栈道暗度陈仓。阴谋和阳谋，好奇和欲望，征服与被征服，从一道道斜谷匍匐而至。

飞鸟难越，江河不汇，战车岂能送达和平的问候？

一夫当关，万夫莫开！在时光的细雨烟尘中，这句豪言壮语自相矛盾。

有狰狞的把守就会有快意的超越。天下关隘，无一例外。

时光，终于化拒斥为迎迓，化翅影为足迹，化干戈为玉帛。

葭萌关被时光打磨为昭化城

让我们再回想一次那场兄弟间的厮杀吧！

一杆丈八蛇矛，一杆龙骑枪，在战胜坝直杀得天昏地暗日月无光，直杀得一本《三国演义》在民间纸片飞扬。

计谋失败在计谋里，智慧淹没在智慧中。短兵相接，碰撞的火星，熄灭于松涛般的呐喊。

"黯淡了刀光剑影，远去了鼓角争鸣。"青山与流水做了悠然的看客。

在山水之间，两杆兵器玩出的太极，谁人能懂？谁战胜了谁？

一首《临江仙》，读一次叹一次，让岁月泪流满面。

无数飞奔的马蹄在生死中穿越。一切豪迈的输赢，一切无畏的生死，看青山依旧，夕阳残红！

葭萌关活在民间的传说里。时光的尘土掩埋了曾经的苍凉和悲壮，发芽，开花，结出的果实，已是一个女皇的传奇和一个天子的仓皇。

不管"昭示帝德，化育人心"的口号，是真心还是假意，丈八蛇矛和龙骑枪都已付笑谈中。

"到了昭化，不想爹妈"，一句俗语已完全消解了烽火与烟尘。

葭萌关——昭化城。一段记忆老去，一段历史重生！

愿天下所有的路途都成翠云廊

我知道，这三百里沿途的柏树，没有一棵认识满脸毛胡子的张翼德。

我知道，翠云廊这样文雅的字眼也和那位在长坂桥一声大喝吓死夏侯杰的莽汉没有关系。

不过我更知道——如果没有了猛张飞，这些柏树就只是做家具的材料，翠云廊这个名字也没有如此悠远的意境。

张飞柏，真是张飞亲植？我宁愿相信！

我就要让他一手拿蛇矛杀敌，一手拿锄头种树。

谁让他们是在一座树林里"结义"呢？况且，一场旷日持久的混战，放了多少次水？烧了多少次火？三国倒鼎立了，生态平衡了吗？

史书上只能看到阵前的刀光剑影，一句"掩杀过去"，看见的全是蚂蚁的影子。

这一片土地，曾有多少草木凋了，曾有多少山头秃了！只有这三百里绿色，借三国之魂，赖张飞之灵，荫庇生灵至今。

翼德！翼德！三百里的绿荫还不够！我愿天下所有的路途都成

翠云廊。

在七曲山大庙燃一炷子时高香

在七曲山大庙,我双手举起一炷点燃的高香,虔诚跪拜。

风声猎猎,烟雾升腾。

我望见一匹疾驰的快马从军师的帷帐驰入民间,我望见一驾雨霖铃伴奏的玉辇徘徊雄关,我望见一个骑在驴背上的身影在蒙蒙细雨中由北向南!

再多的计谋也算不过时间。再大的权势也玩不过流年。再狂的风度也敌不过命运的视而不见。

文昌帝君,这世间有太多的疼痛在等你医治,有太多的悲剧要向你祈福!凭三百里翠柏的仪仗,两千年的站立,总该迎来一个云散风清的朗日。

文昌帝君,我还要向你祈求——

请赐我足够的文采,记录那些远去的马蹄和风声,记录那些渐弱的欢笑和呻吟,记录那些浪漫的相聚和别离,记录山水之间那迤逦而来的悠远时光!

川菜博物馆速写

之一：色香味的秘密

只隔着一层玻璃。炉火熊熊。

所有食材在案板上严阵以待。刀光剑影之间，阵型变换眼花缭乱。

金鼓齐鸣，进退如风。一面旗一挥，长河落日，山河静寂。

谁看穿了这烟火里的秘密？

色有七色，味有五味，香有百香。

谁能在这排列组合里超然而卧？

我们只能接受这混沌的快感，所有表达的欲望都是自作多情。只能意会，不许言传。"舌尖体"全是梦呓。

站在这面玻璃之外，怀揣一个叫"通感"的修辞。让感觉像蛇一样爬行，像水一样流淌，像闪电一样明灭。

只有说不出的，才是秘密。

之二：微缩的田园

那些青菜、蒜苗、芫荽、芹菜和胡豆，在林盘里自由徜徉。风从原野过来，穿林而去，流水与鸟鸣嬉戏。

阳光照着稻草人。鸡犬作为意象点缀在润湿的垄间，守望假设的纵横阡陌。

炊烟必不可少，井栏必不可少，牛蹄印必不可少。

燕子横斜的身影，必不可少。

在楼群的缝隙里扎一圈篱墙，复制半亩三千年的富庶记忆。

金戈铁马在篱墙外静默。风雪在篱墙外静默。

为捍卫一份口福，田园牧歌驱逐了民间的叹息，稼穑浪漫如对唱的竹枝词。

八仙桌上小富即安，麻辣鲜香让时光流连。总缺少一声柴门旁母亲唤归的声音。

之三：沉睡在时光里的豆瓣酱

那一片陶缸的阵列打坐在阳光下，相互间从不窃窃私语。它们与时光较劲，看谁更经得住鸟鸣的诱惑。

四季几度轮回，在清霜里涅槃，以神话的姿态重生。四散，走入民间，犒赏勤劳的黎明也安慰贫穷的黄昏。亲近炊烟，站在油盐柴米酱醋茶之后一脸温情。

这出世的隐者归来，怀抱兼济天下的使命。哪一支筷子没有得到过它热烈的问候和拥抱？在治乱之间纵横捭阖，调和无数虚妄的欢笑和绝望的哭声。

在物质和意识之间反复穿插，将时光里凝固的记忆重新植入时光之中，借岷水蜀雾的温润，在袅绕的炊烟里还魂。

杜鹃还在林间声声不息。被豆瓣酱鼓舞的回锅肉，已经走到了天涯海角。

之四：墙上的农具

犁、耙、蓑衣和斗笠，离开土地和风雨，静挂墙上，相视无语。

那些在岁月里磨蚀的痕迹清晰可见。挂一蓑烟雨，既不出世也不入世——失去了水牛的身影，也就失去了炊烟和牧歌。

墙上的农具，你怀念的田园已经远去！现在，你只负责让食客们酒足饭饱之后，暂时想起那首《悯农》的古诗。

至于那些深深浅浅的牛蹄印，和晨风暮雨中农人的背影，那些美食并不讲述。

墙上的农具不是腰间的佩剑，也早已失去了自鸣的勇气。

被悬挂起来的川西平原，绿色只能在想象里葳蕤，流水只能在传说里潺湲。

大厨们手中的勺子，距离这些农具无限遥远。

藏地散章

青稞，青稞

太阳从雪山顶上升起来了。妈妈的炊烟从木屋顶上升起来了。

绿色的青稞从原野盖过来。我迷失在天地一体的峡谷里。

小卓玛，你的牦牛群，游走在巴松措的倒影里。

青稞神圣在青藏高原。它像云朵投射在大地上的阴影，有时在视野里无穷无尽，有时它又无影无踪。

这高天厚土的青稞，在疾风中匍匐，在日光下站起。它可以碧绿如江南，也可以金黄如塞北。

玛尼堆。飞扬的经幡。苍鹰和山顶的积雪。叩长头的身影一直在长满青稞的路上。

甚至，在青甘的峡谷里，我还看见了在花儿的旋律中摇曳的青稞。

它们在空气稀薄的高原不慌不忙地生长。

当酥油茶烧好的时候，糌粑就顺理成章地滋养每一个高原的晨昏。

当青稞酒酿好的时候，腾挪的高原红就要点燃西天的晚霞了。

立秋，在朝圣的路上

今日立秋。我们正行进在朝圣的路上。

不带目标出发，只有纯粹的远方。眼睛不断地印证梦里的蓝天白云，用每一次沉重的喘息，去超越无穷无尽的崇山峻岭。

一切陌生，都以神的名义，馈我以秋的莅临。

我对这世界充满好奇。我对这世界原本陌生。

秋已来临。各色的经幡，以及风中哈达，晓谕世道轮回。每一座玛尼堆，我顺手添上一块石头。

谁的神，都是我的神。

只要有虔诚的心引领，转经筒转一次，就一定会有一穗青稞走向成熟。

一条大江与一座山峰

雅鲁藏布。南迦巴瓦。

就凭这名字的神秘和诗意，它们天然就该紧紧相拥，天然就该在高原的怀抱里九曲回肠地永恒。

有一种高度在呼唤，就一定有一种深度在回应。

冰雪融化，将海拔的落差培育出骨与血的温情。

曾经，有一首感恩的歌谣，将绝域的秘密播撒在别的流域的土地。

陌生的流浪与变调的深情，无知与狂热的舞蹈，如何能比得在峡风中飘飞的一页经幡？

雪峰永恒。江流永恒。

就算叩千里长头，我恐怕连敬仰的资格都没有。

今夜，我的梦飞得最高

今夜，在这四千多米海拔的叫作江孜的小城，我站在一个窗口，能隐隐望见远处的雪峰。在这雪峰之后，还有个 8844.43 米的高度，我期待着目睹他的尊容。

千里迢遥，翻山越岭。从一个高度爬升到又一个高度，每一个迂回曲折就是一次匍匐。如朝圣的长头，心之所向，便是至高之点。

今夜，我的梦有些失重。我的梦在缺氧的风中，在灰蓝色的夜空中飞翔。

我早已疲惫的翅膀，因了那一抹反照的天光，定会获得圣洁的抚慰，和在稀薄的空气里滑翔的力量！

那个高度，今生今世，您第一次对我如此亲近。

在万峰朝圣的盛大仪式里，我只想做一缕风，轻盈地飞翔，远远地看你。

我只透过那扇小门看了你一眼

我来或者不来，你都在那里。

在那巍峨的宫殿里，无数阶梯，无数窄巷。无数奇珍异宝，以及无数金身或真身，填塞了所有的空间。

牵连不断的人流，从刺目的烈日下，涌进这阴暗的迷宫，再从另一个口子流出来，消失在高原的阳光里。只是完成了一次行走，有几人记住了一句偈语，有几人在经幡的飘飞与酥油灯的摇曳中能隐约听到刀剑的鸣响？

凡夫不必掺和佛事。

我凭手中一张加价的门票，习惯成自然地接受一道道安检，我把神圣两个字投进了入口的垃圾桶，只带一份平庸的好奇，去看一眼那位把情诗当作佛经的帅哥。

导游背诵的解说词淹没在嘈杂的人声中。所有逝去的时光都在一种黯淡的辉煌里沉默。那一切与我无关，我对这遥远异域的兴趣，只在一位入错了佛门的诗人。

我只从一扇小门，看了你一眼。你在金碧辉煌的阵列里，脸上分明蒙着街市的风尘。我耳边也分明听到了有人在低声吟诵那深情的诗句。

这低声的吟诵，仿佛阴沉的空间里射进来一抹阳光，仿佛这幽秘的宫殿已化为繁华的街市。

夜幕降临，一个不羁的灵魂逾墙而出，隐入烟花的街巷。黎明时，一首动人的情歌便在市井流传。

他在这宫里诵过很多经，有谁记得？他在宫墙外写过很多诗，你只要记住那一首——他就在那里。

昆仑雪

一个比喻，从喻体回到本体。

一个传说，从想象回到现实。

天下有多少山，哪一座山在我们的梦中有如此之高？天下有多少雪，哪一片雪有如此丰富而神秘？

不是从文字里跳脱而出，而是真实地矗立在眼前。高度被旷远融化，昆仑显得并不高傲；白雪因荒凉反衬，昆仑比传说更纯粹。

他静默在高原的纵深里。看河流东去，列车西行。

一切时间和空间的排列与组合，他都接受；一切动态与静态的转换他都认可；一切虚构与现实的杂糅他都兼容。

伟人说，将汝裁为三截，遗谁赠谁留给谁。你也许会说：谁人敢裁？谁人敢收？

这宏大，这浑厚，只属于信仰，只属于忠诚，只属于高天下一切荒凉顽强的生命。

静坐在这里，高不畏，低不欺，为一个民族发育永流不涸的神话与传说，让白雪吸收一切阴影。即便寸草不生，也是生命宏大的诗篇。

走进大凉山

金口大峡谷是一首古典诗

大渡河，从崇山峻岭间奔涌出一首古典诗。

它包含了古诗所有的艺术技巧——远近搭配，动静交织，高低空间转换，各种色彩组合。云雾深处，山外之山，尖峰深谷，激流飞鹰，虚实结合。

秋风从大峡谷吹过，黄叶飘飞，红叶点缀灰色的意境。

每一个过客，心中的意境会相同吗？

匆匆奔赴的车轮，追逐的是一首羁旅诗。

裁山剪水的镜头，存储的是一首山水诗。

久久凝视的沉思，品着的是一首哲理诗。

那一座悬崖上的"铁道兵博物馆"告诉你——这条峡谷，更像一首边塞诗。

时光远去，峡谷幽深。

呐喊，歌声。叹息。甚至鲜血，和悲壮的死亡。一个英雄的时代，有的刻进了高耸入云的石壁，有的早已随着激流和峡风飘散。

站在激流的近旁。"世界十大峡谷"的名号并不吸引我，"世界第一落差峡谷"的壮丽也不吸引我。

吸引我的，它一直隐藏在巨大山体里。它一路相随，却不轻易抛头露面。

成昆线，成昆线——我在咀嚼一首怀古诗。

到吉米村去

山谷越来越窄，山路越来越高。

只说来这儿看看，谁知道我们来这里要看什么呢？

看一种陌生？看一种荒凉？看一种喧嚣之外的寂静？或者，就是一种逃离？

车过格古村。

一群鸡在生锈的健身器材旁觅食。沟边一棵高大的核桃树，凌空举起一个空洞的鸦巢。

一座齐车宽的简易桥。雨雾在前方山谷里逡巡。

吉米村还要继续向上。云深不知处！

盘旋又盘旋。

路的尽头，又是健身场地，一个篮球架像一个孤独的巨人。一面红旗在一座"活动中心"的房顶猎猎作响。并不相连的几座矮房。成排的玉米装饰墙上，在苍灰色的山野里射出孤独耀眼的金黄。

前方的路，尽是泥泞。

一辆少一只轮胎的小车在柴堆旁打盹儿。一群羊在远处的林下像云一样游走。

一个披着查尔瓦的汉子，少言寡语。一个七八岁的女孩，只悠悠地说了一句——我没有朋友！

山野静寂。对面的山顶上，云遮雾罩。

此时，我似乎明白了我要看什么。

沉醉在彝家的祝酒歌里

秋光里，大凉山的暮色如约而至。

请端起酒杯。用这像火把一样高高举起的热烈，点燃夜空。

彝家的祝酒歌，从酒杯的边缘袅袅升起。

高原上，雄鹰飞翔，山河青翠，云雾袅绕。马蹄声，从茶马古道迤逦而来又迤逦而去。

月琴响起来。三弦响起来。巴乌响起来。葫芦笙响起来。

篝火熊熊，阿细跳月。大凉山在红黑黄三色里沉淀出古朴的苍茫。

请端起酒杯。请一饮而尽。

请欣赏山一样朴素的脸庞。歌声自带沙哑的故事，在崇山峻岭间迂回曲折。竿竿酒与坨坨肉，和荞麦花一同摇曳在歌声里。

暮色覆盖了大凉山。一件查尔瓦披在歌者厚实的肩上。

一条高铁向大凉山深处飞奔而来

秋风拂过山脊的时候，大凉山的苍翠一如既往。

云雾飘过峡谷的时候，大凉山的苍茫露出来了。

鹰隼的翅膀滑过伸向晴空的黑桃树枝丫的时候，我看见了一条高铁向大凉山深处飞奔而来。

荞麦花的山梁不必谦让。土豆花的谷底不必谦让。林间的羊群不必谦让。彝家的炊烟不必谦让。

那条蜿蜒的巨龙，时而凌空，时而入地，它用腾挪跌宕的身姿为古老的崇山峻岭画一道彩虹，让点缀在烟斜雾横中的民歌瞬间旷远而嘹亮。

蜿蜒的巨龙挟风裹雾，从何处来，向何处去？

苍茫无际的大凉山静默不语。让树回答，让水回答。让燃烧的火把回答，让嘹亮的葫芦笙回答——

从远古而来，向未来而去。

日光下的九襄古镇

在大凉山外围崇山峻岭的褶皱里，铺开一片开阔，用来陈列它二千一百年的历史。

然而，喧闹的街市，如潮的车流，不属于记忆的组成部分。接连不断的牛肉餐馆也不是，一望无际的绿色果林也不是。

阳光眈眈地从山岭淌下来。白色、粉色、紫色的牵牛花恣意开放。在墙头上，在石缝里，在沟渠边，在废弃的门缝旁……

旧时光躲在喧嚣之外。

土墙窄巷。青石滴檐。老店招。剃头铺。纸牌桌。草鞋与锅圈子。一只黄猫睡在颓墙上的枯草里。

慵懒的正午。从场口这头走到那头，古镇的风景就是一个个靠在门边瞌睡的垂暮老人。

瓦松在屋檐高处俯视人间。这阅世的智者，身影清瘦，缄默不语。

人间忘掉了多少昨天，人间篡改了多少昨天，谁知道呢？但是瓦松知道。

那些曲折小巷的名字不知何时全都充满了幸福感，就像屋檐下那泡沫箱子里快乐生长的青葱绿蒜。

南方丝绸之路，只留下一抹记忆萦绕在袅袅的茶雾里。两千多年的时光，在那座石牌坊的金属围栏下戛然而止。

蜂拥而至的游客，几人知道自己为何而来？

枯树盆景
——参观郫县川派盆景园

春风正好。阳光正好。

那些曲曲折折的路径，在错落的隔墙之间制造古典，在宁静的氛围中平仄着抚须吟哦的情怀。

数不尽的衰朽打坐在陶盆中，等待着涅槃重生。

从死亡里被唤醒的生机，站在暖风中，在白墙的陪衬下如出窍的灵魂，与肉体若即若离。

这一盆关于生命的景，不能只有死亡，也不允许生机盎然。

死，要死得触目惊心。腐朽，黯黑，倾颓。让颤抖的根须在泥土上绝望地爬行，寻找希望。

而绿叶和花朵，一定要孤绝，仿佛从噩梦里飞出的蝴蝶，既对死亡决绝，也对死亡依恋。

在一座小小的园子里，复制世界。在一个小小的陶盆里，制造人生。

在季节里模拟轮回。让命运死去活来。

让风雨和阳光淹没痛苦的呻吟，在客观的死亡中，用匪夷所思的重生融化胸中的块垒。

一卷诗书不能呼风唤雨。一声叹息却想感天动地。

而时光，总被刀剑打磨。梦想之树，在一声冷酷的笑声中枯朽，沉入时光的深处。

于是，婉约的命运陷入无尽的沉默。

从某个未知的角度，以某种不合时宜的姿势，出人意料地站在自己的尸骨上，摇曳一阕豪放词。

在白墙的映衬下，固执地高傲。方寸之间，山河盈胸。

我死，我又复活。

我沉默，我的呐喊又穿透时空。

薛城
——以一位女性命名的小城

在川西高原的崇山峻岭之间，在岷江一条名叫杂谷脑的支流淌过的狭长河谷里，静静地坐落着一座小城。

两边是高耸入云的山，身边是湍急不息的水。对岸，车流如潮；身后，绿树静穆。

此时，一场急雨正把这座小城隐藏进历史的深处。

我在筹边楼上凭栏远望。

拍岸惊涛，滚滚东去。穿峡谷出古堰，徜徉在川西平原上，看袅袅炊烟，听嘤嘤蝉鸣。

九眼桥旁，望江楼下，一口叫作"薛涛"的幽幽古井，还可听得唐时金戈铁马的杀伐之声和墨染彩笺时的淡淡幽怨。

向西。望不断的山望不断的云，望不断的苍凉望不断的遐想。

可以隐隐听得茶马古道上渐行渐远的马蹄声，隐隐听得青藏高原汹涌而来的唐蕃铁骑的呐喊。隐隐看见直冲天际的烽烟，隐隐感觉到一个王朝在一次大动乱之后紧接而来的沉沉战栗！

慢慢抚摸那些沧桑的石头沧桑的木窗，看幽光刺进木格，在蒙尘的屋面画出错乱的时空。

这时，便可以听到一个女子的歌声：

"平临云鸟八窗秋，壮压西川四十州。诸将莫贪羌族马，最高层处见边头。"

一个流落边关的女人能够凭借通身才气平息一座高原的战栗？

一个以琴棋书画悦人的风尘女子，一个浸透了川东雾气川西水汽的女子，可否身在筹边楼指点筹边事？

在那些男人们指手画脚的时候，为何她只能凭栏独吟？

那时，在她的身后，那座叫作成都的城市，芙蓉花正在凋谢，清丽的秋景香艳的夜色在渐渐澄澈的锦水中开始倒映寂寞。

在秋风落叶中徘徊的脚步，谁会想起西边高原峡谷中，那在暮色里已经老去的容颜？

在望丛祠，听杜鹃的啼鸣

这里没有祭拜的香火，这里只是一座纯粹的园林，一年四季都混生着古典的优雅和青春的欢笑。

青城做屏，岷江激流从都江堰宝瓶口奔涌而出，涛声隐隐，昼夜不息。

一股远古的风从川西高原的峡谷缓缓吹来，带来此起彼伏的杜鹃的啼鸣。

望帝杜宇，丛帝鳖灵，让古蜀国的传奇在这片肥沃的平原上随着纵横的河水流淌。

我们不必再问那只灵异的巨鳖是如何溯游千里从荆州来到西蜀，也不必再问那个叫作杜宇的明君为何禅让了君位又不甘心。

一段 2500 年前的阳光风雨，为何从甲骨上和龟甲上消失，却化为一段传说由一只叫作杜鹃的鸟儿来传唱？

一缕秋风从三星堆掠过，一缕阳光从金沙遗址远照西岭的积雪。

古蜀先民远去的背影，在那些青铜锈迹之下隐隐约约。太阳神鸟从平原上冉冉飞升，化为天府之国的神圣图腾。

收获的歌声不闻。杀伐的呐喊不闻。时光沉寂原野，杜鹃独吟，从此星星血迹点燃每日初升的太阳。

楼台亭榭，雕梁画栋。山石平湖，屈曲掩映。一座土堆，两段石碑。

在遮天蔽日的浓荫下，那一轮远古的夕阳就在眼前。

然后，慢慢退回到李白那首叫作《蜀道难》的诗歌中。

然后，慢慢退回到那些完全无从稽考的传说中。

然后，慢慢退回到那些青铜器的铭文中。

一只杜鹃鸟鸣叫着盘旋着。黯淡下去的日光便瞬间放射出了万丈光芒。

就算那只鸟儿不啼出血来，难道那无数双谛听的耳朵不会落满血色的夕阳？

王安石的褒禅山

一座耸立在教材里的奇峰。

一列匍匐在巢湖岸边的浅山。

所谓前洞，或者后洞，都似曾相识，又仿佛在岁月里发生了自由的漂移，与文字排列的记忆纷纷错位。

嶙峋的石灰岩堆积成平原尽头的一抹浅暗，从北宋到而今，贫瘠的石隙间竟没有长出过一棵像样的参天大树。

灌木丛盘根错节。彼岸花在阴影里与蝉声轻佻地对唱。

我一直怀疑你的"半山"的号是在这里拾得的，文史家们请不要和我争论——

那个藏着哲理的山洞在半山。

那拥火以入的好奇探寻半途而废。

那场随性而来的山行似乎正在朝廷与故乡之间。

甚至，那场跌宕起伏的变革，不也失血在踉跄奔走的半途！

官场与故园之间，旁逸斜出一座浅丘，隐着慧褒和尚的偈语。

他留给你一座废墟。

你留给历史一片迷离。

那不过就是一座浅山。那不过就是一个山洞。

一群男人怀着不同的心思在黑暗里摸索，自己吓唬自己也吓唬别人。

手中的火把逼出每个灵魂的阴影，在仓皇的撤退中构思好冠冕堂皇的理由。

半山啊半山，你生花的妙笔把这座浅丘的海拔推得再高，它还是半山！

你在山洞里拾得的灵感，未能安抚摇晃的大宋江山。

半山半山，鬼使神差地变成了——半壁河山！

在达古冰川，我听到了神示的偈语

从喧嚣驶入静绿。从峡谷旋上险峰。

刀劈斧削的群峦，在深邃的蓝天下沉默不语，肃立着遍体的皲裂。

盈目的乱石定格漫长时光的滚跌。在辽阔的静止之中，我听见了远古的震荡和轰鸣。

当站在海拔4860米的一小块岩石上的时候，我虔诚膜拜，哪怕双腿虚浮，气喘吁吁。

所有的形容词因为缺氧而丢失。

一潭浑黄的湖水反射着近在咫尺的日光，稀疏而硕大的雨滴也同时在烘托冗沉的远古寂寞。

山石是碎裂的。而山峰是完整的。

山坳上的玛尼堆上，彩色的经幡在无声地飞扬。

那些印满了经文的布片，借浩荡的山风诵读。我静卧在水边，且容我权当叩五千里的长头。

我见过无数的山，都忘了。达古冰川——我第一次朝拜的神，我已被你深邃的静穆度化为奴。

冰川就在彼岸。隔着万年的水，堆叠着万年的乱石。

和天空一起静穆，和阳光一起静穆，和群峰一起静穆，拥抱着无垠的时光沉睡。

保持着巨大无比的完整，和无数的碎石相伴。

凝固着无限长久的时光，和柔软的湖水相伴。

打坐在时光的深处，阅尽沧桑，不悲不喜。

我匍匐在你的脚下，隐隐听到了神示的偈语。

初秋的天彭口， 正芦花盛开

从龙门山逶迤而出，初秋的湔江，在天彭口姿态平和而安详。

在岁月里匆匆在崇山峻岭里匆匆，川西平原就在眼前。此时，正缓下脚步整理心情。

春的冲动夏的狂野都暂寄在曲折的幽谷。在秋凉渐起的时节，在杜鹃声声的炊烟暮色中，优雅地踱向无垠的原野。

天彭口，古蜀国的源头，芦花比《诗经》里的蒹葭开得更早开得更热烈。

一边是无际的山峦，一边是无际的原野。一边是渐行渐远的酷夏，一边是扑面而来的清秋。

在太阳神鸟飞过的时候，宽阔的河谷突然芦花盛开，铺天盖地。

那纯粹的苍茫，淹没远远近近的沉沉喧嚣，让所有的眼睛在现实与梦境里挣扎而不能自拔。

能听到芦花的深处有蚕丛鱼凫的跫音，听到湔江的对岸有"关关雎鸠"的对唱。

在晚风中，雪白的芦花如云一般流动。

沐风的女子怅然而问——十五国风，为何却少了"蜀风"？

一望无际的芦花，是川西高原积雪的化身，是川西平原炊烟的化身。

那弥漫天彭口的意境，在一阕古诗和一首新诗之间来回穿越，在天和地之间来回穿越。

清澈的水中倒映着芦笛的爱情。

天彭口外，林立的烟囱正在涂抹夜的色彩。

菜地里的古蜀王

一个热衷于八卦的时代，竟不知八卦山在何处！

在川西平原偏西的乡野，第二绕城高速呼啸而过。平原上数不清的林盘，绿色的海洋，喧嚣沉沉浮浮，迎送着眼前的晨昏。

那些远古的传说，被岷江水带来的泥沙越埋越深。

在八卦山的近旁，我询问了五个人，只有一个农妇抬了抬手说：

——他们说，这就是！

一垄小土堆，长不足二十步，宽不足十步，高不过旁边低矮农舍的屋檐。

杂树丛生。胡豆，油菜，青菜，放纵地嫩绿着。

一块水泥碑站在草丛里，孤独地映着尴尬的黯淡时光。

国是你的国。

王是你的王。

沧海桑田，流落人间的传说只剩这一抔土。

八卦山，徒有山之名。

何况，谁能证明土堆下真窖着四千年前的时光？

那时，还没有杜鹃鸟。更没有高速路上的喧嚣。

也许还没有胡豆、油菜和青菜。

也许鸡鸣狗吠还未变调，而味已不同。

西边高原峡谷中，传来满含血光的杀伐之声，浸润着大平原刀耕火种的日子，滋养一切生灵和传说。

折戟沉沙铁已销。山河易位，前朝的故事只能由流浪的风来述说。

一场声势浩大的上古野史，浓缩成大平原上的一个土封。

土封浓缩为一个土堆。土堆浓缩为一抔浅土。

浅土浓缩为一块碑铭。碑铭浓缩为一段传说。

传说浓缩为两个字——柏灌。

柏灌，在风中变成了"八卦"。

我在这片土地上驱车找寻了很久，而土地上的人们已经失去了八卦的兴趣！

四千年的时光，浓缩为冬阳下的一抹影子，投在菜地的垄间，只为守候近旁农舍的一缕炊烟！

唐昌有个战旗村

平原上流淌着三千年的鹃声

这片江山永远如画。

一条清流从西边高原里奔涌而出，森林无际。顺流而下的部族，与一只溯流而上的鳖相遇，从此，丛林里有了四季不息的鹃声。

啼血的鹃声，为这片土地播下了炊烟的种子。三千年流水不息，三千年呼唤不息。四季晨昏，这凄苦的吟唱，生动了鸡鸣狗吠。就算经历了无数战车的碾压，那纵横的车辙里仍会葳蕤无尽的希望。

远古的情节躲在传说里，从传说中飞出的那只笨重的鸟，带着啼血的悲声飞入民间。在水中化为游鱼，在泥中化为稻种，在风中化为习俗。

一条河，一分为二，二分为四，四分为八……泽被千里。

一声啼，一人聆听，百人聆听，万人聆听……德施万代。

啼血的鹃声，满含悲悯。

消失了崇宁，唐昌鹃声依旧

崇宁，多么吉祥的名字！

西望雪岭，傍依清流。古典的街巷，却在时光里越走越瘦。

传说日渐沉默，往事藏进史册，无数钩沉的欲望在轮回的日月中止步不前。

这个世间，谁不崇尚安宁？蜀乱蜀治的咒语，难道真是宿命？

就算是借道的战车，卷起的烟尘也会遮蔽平原的落日。何况这晨昏的炊烟，遍地的鸡鸣，怎能不吸引那些贪婪的脚步？

就算治乱交叠，而鹃声依旧！

当崇宁在时光里最终消瘦成唐昌的时候，瘦的只是杀伐的战声和权杖的威严，瘦的只是驿马的蹄声和疾飞的鸣镝。

而在沉淀下来的风中，林盘回归安宁，河流开始丰腴。一勺豆瓣酱，竟茂盛了绿野里杜鹃的合唱。

幸福在妈妈的脸上荡漾

战旗村，这名字是钢铁，也是火焰。

在炉膛里自己煅烧自己，竟奇迹般地生成一个温柔的名字——妈妈农庄！

农庄这个名词，曾从别处移植到我们的泥土中，一发芽就枯萎。纵然杜鹃声声，啼血哀鸣，细瘦的炊烟也随之倒伏。

而妈妈的温柔，足够感动一个遥远的梦想。

这温柔，既能拒辞，也能容纳。这温柔，不用挥拳头，也不用喊口号。

静静聆听林盘的鹃声，深沉的爱就能化为无可比拟的智慧，土地上立即长满鲜花和翩跹的蝴蝶。

梦境推窗，风车轻转。妈妈农庄已端坐在现实里，等待归家的脚步。炊烟，再次在摇曳中丰腴饱满！

我看见，在腊月喜庆的风中，满脸荡漾着幸福的妈妈站在村口，翘首祈盼儿子归来。

一双布鞋引领我们走向远方

布鞋，站在草鞋与皮鞋的中间。

看见草鞋，想起泥泞的来路；看见皮鞋，提醒灯红酒绿的前途。

当妈妈将这双布鞋递到儿子手上的时候，我们第一次听见了啼血的鹃声变成了快乐的歌唱。

一双布鞋走向何方，决定它的是那双脚。

儿子的布鞋，从一片花海游向另一片花海，从一丛欢笑走进另一丛欢笑。

抬头可见西岭雪。即将驶向万里东吴的航船正待春风鼓帆。

纵横阡陌，在鹃啼声声中徐徐展开。

让我们用虔诚聆听这古典的鹃声，让一双布鞋把我们带向远方！

二

闲坐沉思

拣拾阳光

石刻之问

千手观音

千手之说还真不是夸张。一千零七只手如孔雀开屏。一千零七种法器，难道还不能将这世界震慑？一千零七只眼，难道还不能将这世界看穿？

神就是法力无边吗？法力无边又何需这么多的手还加上那么多的法器和那么多的眼？

救苦救难的菩萨，用慈悲拯救世界，有谁愿意接受棍棒下的怜悯？慈悲是无影的天神，他默坐在人的灵魂之中，需要那么多的眼睛来看什么？

有人正在往他的脸上身上贴金箔，而他正无限悲悯地俯瞰众生。

我突然想起他失去了金箔时的模样，为什么我的心中也不觉悲悯顿生？

卧佛

一块默默无闻的岩石，竟然摇身一变卧地成佛。

千百年香火不灭。千百年祈祷声不绝。千百年俯身叩拜的影子拉得老长老长。

一双似睡非睡似醒非醒的眼乜斜着来来往往的脚步，高深莫测。

人间的鸡鸣狗吠穿越山风而来，佛眼似睡非睡似醒非醒。

虔诚的人将石头赋予神性，石佛之眼似睡非睡似醒非醒。

似睡非睡似醒非醒的佛啊，大慈大悲普度众生的佛，你听到了山下那老妇的悲号吗？你看到了山路上农人那蹒跚的脚步吗？

为什么你总是一言不发一动不动似睡非睡似醒非醒？

媚态观音

在神佛众多的队列里，怎会出现这样的身影？

那脉脉眼神纤纤玉手那飘飘衣袂盈盈身姿，莫不会使佛心不稳？

我猜想她应是山下那个农家的女儿，如三月桃花九月黄菊的恣意绽放，硬是将冰冷的神佛的世界诗意成一线涼涼的山泉。

那双勾魂摄魄的眼，不是静默的佛的世界的一声呐喊，不是阴沉沉的神的山谷里的一道阳光吗？

农家的女儿，你可看到了你家瓦房顶上摇曳的炊烟？你可听到你的父母亲切的呼唤？

六道轮回图

用形象的图画诠释生命，用沉重的岩石定格命运，这是人最精明又最无奈的智慧吗？

如果生命轮回，你能告诉我轮回的轨迹？

如果生命轮回，你能告诉我存在的意义？

世俗的脚步停留在你的旁边，试图解读这个天大的秘密。一脸的迷茫，白痴得像一个个童蒙未开的婴孩。

那么，这些迷茫的眼神，它们又在命运中经历了多少个轮回？

如果总是迷茫，谁又知道生命的轮回？

如果生命轮回，又如何总是迷茫？

如果注定要在迷茫中轮回，这样的诠释又有何价值？

香火

这一片土地曾经是否在苍凉的晚霞中摇曳过金黄的稻浪？

这一片土地曾经是否在冰冷的晨风中飘飞过悠扬的牧笛？

我只知道，这里有的是苍凉而冰冷的岩石，在艰辛和苦难浸润的日子里一夜之间立地成佛。

于是，在这片土地上，在苍凉的晚霞里，在冰冷的晨风中，茂盛的香火一夜之间让岩石们佛性十足。

佛啊，大慈大悲的佛！朝拜你的人都这样告诉我，你悲悯慷慨无所不能，你普度众生一无所取。

但是，佛啊，我还是要问你——即便如此，你为什么对人间的香火还是那样贪得无厌？

再读石刻

1

我一直在想——这些石头，到底能说明些什么？

与它对视，我全身发冷。

在一种战栗的忧郁中，总能触摸到一种无声的嘲笑或者一些其他的东西。

却听不到一句箴言乘凡俗之舟来泊于我的心底。

在这片土地上，多长的岁月啊，香火远比炊烟要茂盛。

谁知道这到底是为什么？

一方石壁一幅画。一幅画一个故事。一个故事一个主题。一个主题演绎出几多恩与怨，爱与仇，得与失，善与恶……

石刻为静。观者为动。

动与静的对峙，从古至今。

啊，石刻，这杯久窖的陈酿，不知还要被人们津津有味地品尝多久！

2

阳光。流水。雾霭。山岚。

将那些石头漂洗了千遍万遍。

那些石头，那些历史的石头，思想的石头，浸透了无尽的欢乐和苦难的石头，怎么也抹不去它的风骨与精魂。

那位娇媚的女子，一双手轻抚腹部满脸荡漾着幸福和渴望的女子；那位用无限的慈祥喂养小鸡的女子；以及所有的……

被时光沐浴的身躯，被一种旷古的忧郁覆盖着的身躯。

通体葳蕤着一种沉重的情结。

有人强加给你们多少无聊而浅薄的别名啊。

3

刻也是石，不刻也是石。

石头永远沉默。

穿越时光的隧道有一种撕心裂肺的疼痛。难道还要教化什么，还想说些什么？

单这昌州①故地无数次的硝烟烽火，刀光剑影已经足以说明一切——

昨天与今天绝不相同。

不要轻易揭去历史的棺盖，让赵智凤②和韦君靖③的灵魂安息吧！

一个终身行善，一个终身杀伐。

善与恶都用了同样的方式张扬。

我始终困惑不解……

4

胆怯的小鸟敢于藐视武夫的利刃，

野草与石苔绿了古代匠师精湛的凿痕。

石头就是石头。

活着的人啊，在寒冷和酷热的日子里，为什么总要企望这些石头给我们制造温暖和清凉？

荒烟漫漫，漫漫荒烟。

游移的足迹总在试图昭示一种生命的黯淡或辉煌。

你可曾看到，那一双双长睁不闭的眼睛，并不是在为某种憧憬而望眼欲穿。

---

① 现重庆市大足县古名昌州。
② 赵智凤，大足石刻宝顶道场的创办者。
③ 韦君靖，宋代驻守龙岗山并组织开凿北山石刻的昌州刺使。

5

落英碾碎了夕阳。

岑寂的氛围中我听见了层层叠叠的太息自石壁深处汩汩涌出，
如暗夜中飘忽的短梦依稀而不可捉摸。

太多太多的话，本该从石壁上读出；

太多太多的隐语本该从冥冥之中浸进我的心底。

凝视那一张张脸孔——不悲不喜。

突然感悟到自己的生命以及周围的一切，原本并不那么黯淡，
也不是那么辉煌。

两行毫无理由的泪滴便从双颊悄然滑落。

一滴，涅槃于趾端，

另一滴，瞬间便淌成——

滔滔洪流……

名字

1

每一个笔画里都折射着祖先的影子，每一个音节里都流淌着祖先的血液。

名字，一个悲壮的独行客，总是从一个未知的起点出发，走到一个未知的终点，然后将背影嵌入时间的岩石。

它隐藏着人世间最大的秘密，又是人世间泄密最多的符号。

它寄托着人世间最大的希望，又是人世间让人失望最多的梦想。

一个名字，它注定要伴随无数悲欢离合，它拥抱着一个灵魂在坎坷的路上蹀躞，在湍急的河流飘荡。

灵魂消失了，它还会在时间的驿站守望并长久哭泣。

2

当黑夜悬挂在窗外觊觎你沉睡的灵魂的时候，名字是唯一忠实地守候你的朋友。

当世俗的欲念牵引着你踉跄奔波在生命路途上的时候，名字是唯一默默陪伴你的兄弟。

岁月固执的双手将白发植于你或贫瘠或肥沃的头顶，名字——一个无形的影子，定在无语旁观，你可知道它为你或悲或喜?

3

当一个生命像流星一样从时空的间歇滑过之后，那或黯淡或明亮的辉光只会给眼睛留下短暂的记忆。

长久地留给嘴巴诅咒或怀念的——只有名字。

当肉体疲倦的时候，名字会替你承受一切。

当生命停止的时候，也许正是名字最活跃的时候——不管是被踏在脚下还是被高高地举起。

4

你确实是赤条条地来，但你一来就披上了一件符号的衣衫。

名字，就是那一件衣衫。不管对你合不合身，这衣衫总怀着为你遮羞的夙愿。

当你春风得意一路行来的时候，名字总会把炎炎烈日遮挡，并为你带走一路的花香。

当你在泥泞的道上艰难跋涉的时候，名字就是你头顶的伞和手里的杖。

但是，就像有人为了某种目的出卖自己的贞洁一样，名字也常常被它的主人毫不犹豫地出卖而蒙受羞辱。

5

但是，我更愿意相信——名字，是与肉体和灵魂同时降生的精灵。它形影不离地追随着它的孪生兄弟。

肉体和灵魂永无宁日的争吵全被最小的兄弟——名字包容。

肉体消失了，灵魂也许还要继续飘荡。

而灵魂飘散了，最后定有名字流传。

生命这样匆匆地走了一遭就遽然而去——所有的善后事宜全丢给了名字去处理。

6

名字比肉体和灵魂更坚硬也更有韧性。

它似乎天生就为受难而存在。

幸福荣耀只是肉体和灵魂独享的佳肴，而痛苦和羞辱的劣酒常常被名字啜饮。

没有谁沉迷在甜蜜的爱河中会想起名字并感激名字的恩德。

当踯躅于崎岖的险途时却常常迁怒于名字的不是。

当悲剧的名字被多事的手錾入岩石的时候，才突然想起——是否有必要活得比岩石更长久？

川西平原走笔

阡陌

从四面八方的崇山峻岭一路踉跄奔来的蜀道，在这里迈着方步走出一片别样的风景。

纵横交错的阡陌，放眼一望，望不尽绵绵沃土，望不见西岭千秋积雪，却可以望穿一部厚重的历史，可以看见无数飘然的身影在平原上往来奔走，可以听到金戈铁马从原野的尽头飞奔而来又倏忽远去。

蚕丛鱼凫，开国茫然，茫茫然难于上青天的蜀道。

在路边，林子的深处，我们总能够听到空灵悲婉的杜鹃在不停地呼唤，从古至今。

从一条路的尽头急急走来两个熟悉的身影，那是匆匆赶去治水的李冰父子。

你看那路边当垆卖酒的女子，谁不认得她身边那位风流才俊？

一个智者率领一个时代在这片平原上轰然驰过，在纵横的阡陌上留下了杂乱的足迹，飘摇着一面面"蜀"字的战旗。

然后时空仿佛突然沉寂。

许久，我才在模糊的视野里看到李白和杜甫飘然而来，另一个方向是三苏的背影匆匆而去。

来，或者去，都行走在路上；路，因此延伸得越来越远；

来，或者去，都得在路上行；路，因此编织得越来越密。

一切欢乐和苦难都被时间过滤，我遥望历史如遥望一张陈旧的黑白照片。

一阵隆隆的轰鸣之后是寂然无声，我读出隐隐的落寞和感伤。

一个如花的女子骑着一辆鲜艳的摩托从我身边飘然而过，我目送她消失在阡陌的尽头，才恍然恢复了视觉的色彩。

清流

当你用狂野的激情创造了这一片原野之后，你就开始用温婉的柔情将这一片原野哺育。

纵横交错的清流，招引季节在这一片原野上无数次的轮回，用金黄和碧绿把原野反复涂抹，涂抹出一幅惊世绝俗的天府图画。

你从那一片葱茏的山野款款而来，没什么可以将你的轻盈而婉约的脚步阻挡。

你在广袤原野上点点星空下，幻化为露珠的精灵装饰着无数温馨的夜梦，幻化为春夜喜雨从所有的夜梦的边沿飘然而过，无声地留下一片浓重的春色。

你是守候在甜蜜睡梦里的孩子摇篮边的母亲，款款清流伴着悠悠牧歌将这一片原野守望，千年万年，都只是一个摇曳着炊烟的温馨傍晚。

你是巡游在深夜街衢上的更者，你从一个村庄走到另一个村庄，巡视着每一个窗口溢出的温暖灯光，抚摸着每一声睡梦中甜蜜的呓语，将静夜中的鸡鸣和狗吠敲成一声声平安。

天空飞鸟的弧线牵来西岭千秋积雪的倒影，牵来巴蜀的悠远时光。

历史，溶进款款清流，这一片土地因此而无比肥沃，茂盛了作物也茂盛了一部厚重的历史。

于是，世人皆知——川西坝子！

土地

在广阔无垠的晴空下，飞鸟自由的翅膀滑翔过无垠的碧绿草色和袅袅炊烟。

这一片土地，这一片被春夜的喜雨无数次亲吻过的土地，被温暖的季风无数次吹拂过的土地。我们站在时光的某个角落放眼一望，便满眼是疯长的汉赋唐诗和宋词，一望无际的金色菜花装饰的神奇的舞台，土生土长的歌喉在嘹亮，土生土长的鼓点在敲响。

这一片土地，有着太多的遥远故事，化为肥沃的土壤滋养着每一个平凡的日子。

这一片土地，有着太多的神奇传说，演绎着无数岁月的喜悦和忧伤。

就在那厚实的泥土之下，三星堆和金沙如两粒古莲终于被丰沛的春雨唤醒了沉睡的胚芽，匪夷所思的再现让无数人为之惊讶。

我总有这样的感觉——在这一片土地上，在我任何一个脚步之下，随时都会有一颗历史的古莲破土而出抽芽开花。

在一棵平凡的青菜下面，也许堆积着无数曾经历过血腥厮杀的青铜剑戟？

在一条潺潺的溪水下面，也许沉睡着无数曾经驰骋疆场的英雄和他的战马？

汹涌的优雅的高尚的卑劣的故事沉睡在地下，地上尽是茂盛的庄稼和白墙青瓦。

古驿道渐行渐远的忧郁的马蹄，应和着原野尽头的暮鼓晨钟。

而那一轮明月——阅世的智者，一言不发！

深秋打坐

古典的秋

打坐在秋的深处，听秋的旷野上那忧郁的马蹄，踢踢踏踏由远及近又由近及远。细碎如秋野寂寞的野草莓，点点滴滴敲打在心头。

秋，这个早被古典了的季节，它不是展现在视野里而是沉淀在胸臆间；它不是飞翔在晴空的雁阵，而是凝结在灵魂中的霜花。

总是满怀乡愁的旅人任西风瘦马吟唱无尽的天涯幽思；总是壮怀激烈的戍人眺望大漠孤烟长河落日，生回望乡关的悲凉。

秋在南归雁阵的翅上，秋在乡野鹧鸪寂寞的歌唱中，秋在窗外芭蕉彻夜滴答的雨声里，秋在青灯黄卷蛩音伴奏的永夜中，秋在把酒临风感叹天地日月的凝望里。

宋子渊一声叹——悲哉，秋之为气也，草木摇落而变衰，一部历史便秋风萧瑟。

欧阳子一声长叹——噫嘻悲哉！此秋声也，胡为而来哉？一个季节便漫天肃杀。

苏东坡站在秋的赤壁，最终将这个季节古典成一片苍茫的暮色……

乡土的秋

秋，是母亲的乡土。

一切成熟都渐渐睡去，金黄的梦隐进了沉寂旷野。

这个季节，炊烟比任何时候都更温情，它与母亲那劳碌的身影和呼儿的幸福气息融会在一起。

童年，躺在干燥的草堆里聆听凄清寒蛩的歌吟，聆听那村口小溪渐行渐远的跫音，聆听那令人迷醉的悠扬鸽哨飘过头顶。

秋天的乡土，让我总是想到红苕。那外红内白的块根，让乡土的秋充实而宁静，它养育了乡土，让我的童年满载忧郁的欢乐缓缓而行。

秋天的水田是刚生育后的母亲，慵懒倦怠慈爱无边。捉鱼摸虾的顽皮时光，总被它无限宽容地接纳。

乡土的秋，被野黄菊的火焰持续地照耀。它让我看到漫山遍野缀满无数古典的诗句。

在金黄的记忆中，还点缀着一些永不忘怀的粉红色星子——母亲说，那是野棉花！

打坐在秋的深处

桂子的花事已过，菊已涅槃。秋，还有什么值得等待？

季节的激情已经燃烧成灰烬。西天的残阳从旷野的尽头一直照过来，有冷风掠过，有归鸟掠过，有旅人孤独的身影姗姗而行。

衰草离披，暮色苍茫。尘世的喧嚣早被屏蔽于意念的深处。

秋，应该属于孤独，属于宁静，属于踽踽独行，属于自由旋舞的落叶，属于幽咽的鸣虫。

秋，应该属于一杯清茶和一个黄昏，应该属于一张古琴和一段思念。

一纸素笺可以满载时光飞升，在秋的晴空下回望一路行来的脚印。

一切欢乐和忧伤，母亲和爱人，都是旷野的风景，在枝头凝望或者随秋风摇落。

就算失去了笑与哭的功能，亦愿拣一块干燥的枯草打坐。

——打坐在秋的深处。

古典四季

春

今晨，一声春雷从遥远的天边滚滚而来。

很多梦还没有醒来。我却早已听到了你在夜的深处急急的跫音。

好雨知时节。润物细无声。

春花在细雨中羞涩地开了。树们摇晃着身姿，任春风拂动，任春雨沐浴。

灼灼桃花从《诗经》中绽放，绽放于树丛，绽放于美梦的边沿！

多少唐诗宋词在春日的清晨飞翔，在春日的百花园中歌唱。

春，已烂漫在我们的视野。

江南草长，群莺乱飞。无限生机已在骈四俪六的节奏中踏歌而舞。

夏

烂漫的季节已经远去。我们并没有停止远行的脚步。

有一种激越的鼓声总在我们灵魂的深处咚咚敲响。那是急骤的夏雨，激情的歌唱和旋舞，沸腾着我们青春依旧的血液。巴山一夜雨，滴答着无数古典亲情！

如火的骄阳，点燃了映日的荷花。别样的娇艳，招引蜂鸣蝶舞的排场。

浓阴深处的鸟鸣，是浪漫诗人笔端滴落的墨汁，在夕阳暮霭中氤氲成了一首精致无比的绝句。

蛙声无疑是这个季节最嘹亮的呼号，挟着疾风骤雨的豪情，在东坡和稼轩的词中纵情歌唱。

秋

是谁，总是守候在这个日子里，弥漫着这种情绪？

《诗三百》多少篇章；屈子披发行吟；唐诗宋词元曲们——你们为什么总爱久久地伫立于秋风之中

是秋日偏爱你们，抑或你们钟情于秋日？

——这个命题将我牵引进你们飘逸而又空灵的行列。

一声声悲秋的叹息，在清寂的旷野铺就寂寞的意境。只有刘禹锡一声豪迈——我言秋日胜春朝，让这个季节终于多了一抹艳阳！

请让我与你们一起，去看南归的雁阵，去采血红的枫叶，去听萧瑟的秋声，去踏板桥的白霜。

就让我们伫立于秋风之中，一杯浊酒醉了长亭醉阳关；让最后的秋色在模糊的视野中隐去……

冬

整个冬天，我们的心事都与雪有关。

我们与雪交谈，关于松竹梅的故事——那些坚挺而傲岸的身影，就矗立在我们窗外迷蒙的想象中。

有多少美好的故事不是从这个安静的季节开始发芽？有多少浪漫的记忆不是从红泥小火炉旁的杯盏中开始倒映悠长的回响？

其实，这样的时刻，我们把目光放得远些更远些，应该看得见那个在茫茫旷野独钓寒江雪的孤独身影，应该听得见边塞风雪中凄鸣的羌笛和金戈铁马的苍凉……

还应该触摸得到，那些关于美好春天的诗句已经渐渐醒来，开始发芽！

名家写意

鲁迅

光亮的额头。直立的头发。

浓密的胡须。深邃的双目。

一个战士,把一支笔既作坐骑又作武器。我们看到,他独自在一片幽魂成群的死寂战场上拼力驰骋。

在孤独的呐喊声中,一个几千年的幽魂的华贵衣衫被他锋利的投枪刺得片片飞落。所有躲在阴暗之处的邪恶的影子仓皇奔逃。

孤独的战士纵横驰骋。他的匕首取敌人的性命也取敌人的尊严。

殷红的血液将中原劲草肥沃。在切齿痛恨的厮杀中时时闪现悲悯的柔情。

闰土和祥林嫂,孔乙己和阿Q,还有很多人,他们围坐在他的身边,充满了渴望又充满了迷茫地听他抑扬顿挫地吟咏"横眉"与"俯首"的诗句。

一支烟被猛地吸尽,一声长吁中烟雾迷蒙了整个战场。

这是一个怎样的战士!

沈从文

孤独地守望着边城那一片独特的风景,你吸引了无数人惊奇的眼光。

潇潇暮雨笼罩着的吊脚楼,伴着静静流淌的世外清流;一个个剽悍而又淳朴的面孔站好队列凝固在我们的面前。屠刀上沾着怜悯,鲜血中和着良善——你,在一种奇特的氛围里越来越清晰。

永远拒绝烦嚣的灵魂,从湘水中淌过来,从湘西的崇山峻岭中走过来,带着清露与泥土的气息。这气息必将永久弥散,把仰望的人们带上楚地高远的天空。

其实并非这一片风景独特，实在是你那一双眼睛与众不同。

老舍

一副眼镜的后面是一双深不可测的眼睛；那一双深眼睛里满是古老京华永远灰蒙蒙的天空以及天空下的寻常巷陌。

在烈日和暴雨之下，独特而韵味悠长的话语在讲述着这个灰蒙蒙的城市无数悲欢离合的故事。

他站在这个城市的灵魂中说话，他站在这个城市的每个人的灵魂中说话；他述说着每个人的命运，这个城市的命运，甚至这个民族的命运，甚至整个世界的命运。

只是他很少说自己的命运。

他实在难以预料，他命运的结局竟是沉没于一泓碧水——述说他的命运的恐怕只有那水中越来越大越来越模糊的一圈圈波纹……

冰心

头顶闪烁着满天繁星，心中荡漾着盈盈春水，一位圣洁的女神站在我们面前。

你的圣洁，我们只有内心无限的感激和敬仰；你的爱让我们享用不尽，我们因此自卑得不敢仰望。

我们感谢您引领众生在慈悲良善的爱之旅途漫步了一个世纪。即使，踉踉跄跄的脚印盛满忧伤。

但爱是苍天的那一轮艳阳，它让那些忧伤的脚印反射圣洁的光芒。

一支婉约的笔，让多少偏执的恨化为一缕缕和煦的春风，让多少旷世的温情升腾为绚烂星空！

一尊柔弱的身躯，高举着爱的大旗，就这么固执地站了一个世纪。

圣洁的女神已经飞升，神圣的旗帜永远屹立。

远去的农具

犁铧

与牛相关。与铁相关。

按捺住肉食的欲望，把血光熄灭在风雨里。一种和平的组合在泥土里穿行，播下生命的种子。

希望被泥石打磨得锃亮，含蓄地等待季节的亲吻。

春风起，追随一串蹄印膜拜炊烟。在夏日的热风和秋天的慵懒里，静看一粒粒籽实从天真烂漫走向沉思。

这牧歌般的轮回已退回了书中。

牧童老去。牛蹄印被时光湮灭。金属的守望已经锈迹斑斑。

蓑衣

常在古诗中被作为一种意象遮挡风雨。

田垄间，孤舟上，总与箬笠为伴。

在牛背上，短笛横吹可以唤来幸福的炊烟。

再大的风雪都被你诗情画意。

而遥远的乡土，风雪已不是昨日的风雪。

当风雪被阻挡在季节之外，蓑衣挂在墙上，寂寞无语。

墙上的蓑衣——父亲远去的背影。

石磨

将自身一分为二，互为敌人互相折磨，用微微的叹息喂养漫长的时光。

坐在角落里，不用想田间事和季节的事，只默默注视炊烟的高度。

将自己的骨质掺入民间的日子，让味觉在细腻中满含粗粝的隐语。

绕轴的转动只是宗教般的轮回。从远古转到今天，竟然仍是远古。

而且，你也太过沉重。

不然，谁会花钱请鬼来推？

踩锹

连这名字都已被时光锈蚀。满含俚俗的字眼和读音，也曾经在农人的脚下兴高采烈。

淘挖深度，才需要踩锹。

克服硬度，才需要踩锹。

在农具占领乡土的时候，踩锹也属小众。

徒有锄头的形状，即使只做一个农具，不懂得转弯也会遭到冷落。

当乡村寂寞到失去了深度和硬度的时候，你就是一个铲铲！

且，一并失去聆听蛙声的机会。

一个文人的寒江雪

1

江，一直都在流逝。

雪，一直都在飘落。

2

垂钓是文人的宿命。

钓竿长在骨头里，钓线长在血脉里，钓钩长在灵魂里。

鱼儿，长在别人的戏说里。

3

骨头很硬，扔在哪儿都可以铮铮有声。

既可以伴奏长安城的朝歌夜弦，也可以和鸣江湖间的风鸣水响。

有一丝隐约的旋律，把疼痛和抑郁嵌在休止符的雪下，醒着，却不发芽。

4

借一些动物的故事骂人。有的口沫飞溅，有的又口水自咽。

永州那几个小水潭总是浮着迷蒙的雾气，西山宴游终结于山顶的一场浅梦。

晨昏间的遥望，除了四散的星辰，还有一轮太阳。

他乡成吾乡。

他乡，永远都是他乡。

5

柳柳州，那个叫柳州的地方，难道不是你命定的归宿？

河东也好河西也罢，没有风挟持柳枝，就不是你的去处。那里有江也有雪，却没你支撑钓竿的一抔土。

　　而南方，只要你支起钓竿，天地就立即风雪弥漫。

6

　　你不是那位"欸乃一声"的渔翁。

　　在天地一白的意境里，你用忧愤和孤独作饵，只钓起了一首二十个字的绝句。

芦花赋

芦花摇曳在遥远的乡间

从初秋一直燃烧。在这初冬的傍晚,那些火焰还在舔着沉沉的晚云。

在遥远的乡间,水安静了,风安静了,鸟也安静了。漫长的冬夜,不是正好需要一支照路的火把?

菊花已成往事,梅花还在路上。

从秋风中迤逦而来的古道,夕阳瘦马,只有芦花才是绝配,只有芦花才是慰藉,只有芦花才能将满目萧瑟带到冰清玉洁的严冬。

斑鸠在芦花的火焰里煅烧寂寞的歌声。芦花伸向苍穹,既沉默,也天问。

炊烟和母亲的身影,会在小路的尽头深情地遥望整个冬天。

在遥远的乡间,在每一个河津,在每一个村口。这些招展的旌旗,让铺天盖地的乡愁,在母亲的梦中来回驰骋。

有多少乡音遗落他乡?有多少呼唤消失在芦花的尽头?

我在异乡。感谢有人给我快递了一支幸福的焰火。

为远方吟一曲《蒹葭》

"诗三百"静默在旷野。木瓜与琼瑶的对唱甫停。

在河之洲,浪漫的晚霞掠过最后一列雁阵。

坎坎伐檀的利斧暂停。一声叹息,点燃满河谷的蒹葭。

在风雅颂的卷帙里,逸出一匹火焰的骏马。一路狂奔,点燃沿途的诅咒、悲伤、绝望和哭声。

在赋比兴的蹄声中，所有的浪漫和爱云集响应。

初冬的旷野，让现实主义暂时隐退；沉默的苍凉，把爱的火种点燃。

在水一方，伊人遥望。

在暗云下静默。在冷风里燃烧。每一面小小的旌旗，都坚定地向天空和大地昭示自己的主张。不期温暖别人，只求照亮自己。

在你的眼里，火焰铺天盖地。在她的心里，一粒火星自有她呼唤的名字。

满含乡土的呓语，有的顺流而下，有的溯流而上。

孔老夫子——您收养的文字不想随你周游列国，只想列坐在寒风凛冽的渡口，手举一支焰火，对唱关关雎鸠。

诗三百，一言以蔽之——思无邪！

蒹葭与白露无邪。伊人与此岸无邪。

为远方吟一曲《蒹葭》——梦无邪！

选一个荻花燃烧的渡口别离

择一岁深秋。在浔阳江头，在溢浦渡口。

点燃一片荻花，泪湿春衫，听琴，佐酒。

向秋风诉说往事，向陌生寻找共鸣。一根弦在风中颤响，并不急于听到回声，整个沦落的天涯都在竖耳倾听。

秋风吹过江湖。有一片芦苇似曾挽留，有一片荻花为之点燃迎送的焰火。

离别是渡口的弟兄。荻花是秋风的姐妹。

羁旅行役的黯然，只要有一束荻花照明前路，所有的回首便都值得。

在唐诗宋词的平仄里，荻花不是可有可无的词缀，而是对仗押韵的规则。故垒萧萧，流水汤汤。没有芦荻的秋还是秋吗？没有荻花的渡口还算渡口吗？

孤帆远影，孑然只身。只有荻花做背景，别梦才能相伴天涯。只有荻花燃烧的渡口，才能唤回远行的孤舟。

人生何处不相逢？如要别离，请在荻花燃烧的渡口。

芦花飘飞在一个小英雄的故事里

晋察冀。白洋淀。芦花村。还乡河。小英雄雨来。

小学课本那遥远的插页间，一片苇絮飘飘悠悠地飞起来，芦花村笼罩在柔软的芦花里。

芦苇荡里传来枪声。枪声在记忆里回响。一个脊背光溜的孩子，还乡河里一个猛子扎下去，苇荡汹涌，淹没了一个狰狞的晌午。

在古旧的课本里，还回荡着几句台词：

——雨来是个好孩子！

——有志不在年高！

……

——雨来没有死！

那一片柔软的芦花，托着一粒英雄的种子，从课本里飞出。

雨来没有死！英雄没有死！童年的记忆也没有死！

偏僻的童年。山路上小小的身影。

从此，每一本课本都飘着芦花，每一张书页都荡漾着河水的波纹。一声尖厉的枪声，最终无法穿透时光的扉页。而芦花，却可以像山野的晨雾，永远氤氲在我们渐行渐远的脚步里。

芦花里有爱情。芦花里有亲情。芦花里有乡情。

而我最早知道的是——芦花里有家国情！

立春日，行走在川西坝子的烟雨中

1

在苦寒里，终于等来了这场仪式。那些在古典诗词里沉睡了千百年的意象，驾着长长短短的平仄，从未知的远方，回到了川西坝子。

烟雨也如期而回。从凌晨的雾中，从原野的林盘，从远远近近的鸡鸣狗吠中，窸窸窣窣的跫音，送来了立春的讯息。

柏条河的梦醒了，低声的喧哗穿透一层层绿涌过来，从蒙蒙烟雨的幔帐透过来。炊烟在原野里巡游，问候凋零的枝头和将绽的花蕾。

2

我行走在川西坝子的烟雨中。

在古蜀国的传说里，望帝和丛帝的西蜀在杜鹃鸟隐逸的歌中，让无数悠远而深邃的想象如群鸟翔集，在文字的节奏之间，在讲古的叹息之间，在袅袅茶雾之间，那两个叫"天府"的汉字，越发显得丰腴而婉约。

雨声从草檐上轻盈地滴落。那些在冬日里也从未睡去的绿色，全都在竖耳倾听。

我也在倾听。倾听冰的折叠，水的潆洄，种子的细语——幸福的呢喃。

3

这座叫作犀浦的小镇，蒙尘已久。

淅沥的烟雨，暂时隔绝了南来北往的喧嚣，让那些飞驰的速度慵懒而安详。

上街下街，浅角深巷，春雨引发这场红男绿女的激流，与不息的车流一起流淌。满世界晃动着大红大绿，满世界抑扬的旋律激荡春心。

春草在烟雨里疯狂。川西坝子的春天就这样回来了。

4

接下来，无声的夜雨就回来了，花团锦簇的锦官城就回来了。

垆边如月的女子，静坐在古典里，让所有羁旅行役的惆怅进退两难。

烟雨遮挡了远山，而远山已在召唤。

我愿意，久伫在这场烟雨中，拥抱这异乡的春天。

岷江洒落在川西平原的几个名词

堰

岷江洒落在川西平原上最响亮的一个名词，一定是这个"堰"字。

都江堰。三道堰。龙爪堰。娃娃堰。红花堰……

水来土掩，这是个古老的智慧。旷古的大泽，被这个"堰"字拦截，隔离，抬升。

游鱼让出阡陌。茫茫水雾化成了连绵无际的炊烟。随季节迁徙的雁行，落地化为鸡鸣狗吠，在林盘中守候晨昏的永恒。

声声不绝的鹃啼，见证了四千年的历史。悲凄的旋律嵌入古典的平仄，呼应远古大泽里藻荇的摇曳。那些潺潺清流，在红尘里早已洗净母亲唤儿的乡音。

提到"堰"，谁也绕不过"李冰"这个名字。是他让一条大江爱上了这一片土地。

一座堰，让激流变得温柔，变得亲切，让大地孕育出纵横的阡陌，数不清的脚步，以及无尽的远方。

沱

"沱"，是可以停船的水湾。

船，早已随浩荡的春风下东吴了。沱，难道不寂寞？

沱是拥抱，也是离别，是羁旅行役的都门帐饮，无语凝噎。

沱的使命，是迎送。迎送时光的来与去，迎送相聚与别离，迎送欢笑与泪滴。

只需蓑笠一影，垂纶一线。静观激流的回旋，时间的无垠。

沱，并不寂寞。

它回头，又走远。它义无反顾，又犹豫缠绵。沱，是送别诗也是羁旅诗，是婉约词也是豪放词。是岸上挥别的情影，也是船头渐行渐远的独立。

沱，让杜鹃花燃烧，让孤帆远影夜夜入梦。

静水深流，让别离的惆怅倒映一岸火红的深秋。

碾

邀一脉岷江细流，碾一片人间烟火。

那不竭的能量，是青藏高原海拔的落差。它们在平原上游走，不拒绝任何邀请和挽留，随意坐在一棵核桃树下，或者一个石塘堰口，就可以把民间的龙门阵摆到永恒。

一座碾坊，当然会孕育故事。无论爱恨情仇，都愿意接受一座水碾的安慰，并懂得一个道理——逝水如斯，而碾永恒坚守。

哭声与欢笑。流浪与驻足。鲜花与落叶。春风与白雪。一座碾坊可以装下人世间所有的情节。

用激情的水，碾磨粗粝的时光，安抚人间的大喜大悲大起大落。

把时光喂进碾槽，磨出平凡的日月。盖碗茶冉冉飞升的雾气里，"冲壳子"的方言如酒一样浓烈。

滩

滩，是另一种码头，也是另一种渡口。

水平岸阔，绿树倒影，渔歌互答。爱情掩藏于林间，关雎对唱，让川西平原氤氲起水雾的迷蒙。

凤求凰的弦音响起。酒意趔趄，夕晖中的迎送尽是缓沉的旋律。

画船听雨。一眠醒后，皓腕玉臂都隐进唐诗和宋词，空余寂寞的平仄随江水起伏。

风烟五津，闲月半轮。哪一片河滩没有诗意的徘徊和酒的挽留？

司马相如扬雄的身影远去。李白杜甫的身影远去。苏子瞻的身影远去。陆游范成大的身影远去。大千的身影远去……

"少不入川，老不出蜀。"

滩，竟是个两难的去处。

溪

溪，是岷江的壮阔对民间温柔的抚摸。

哪里有杜鹃的歌声，哪里就有溪水的流淌。那些脱离了激流隐入川西坝子每一个角落的轻柔脚步，润泽鸡鸣狗吠四季花开。

"插一根扁担都会发芽"的天府之国，溪是摇篮旁的轻歌，让大地的梦里满是摇曳的金黄和飞扬的民谣。

一脉溪水滋润出一座林盘，就会点燃一缕炊烟。

在一条溪畔，有一座茅屋。收留了一份战乱中的仓皇，安顿了一个心忧天下的灵魂。

一匹瘦马作证。一阵秋风作证——那一脉流水早已化为了这个民族的血液。

它叫浣花溪！

驿外断桥边

1

夏天，我顺着凤鸣村村口的一个指路牌走进来——带着一首叫作《咏梅》的长短句。

站在那片菜地边，我先在想象里架了一座断桥，再于桥头设一座简陋的驿站，再布下漫天的飞雪。

最后，在飞雪迷蒙中盛放一树梅。

那座断桥，那座驿站，和那树孤独的梅，我让它们寂寞在一个"卜算子"的词牌里。

2

现在，我请主人公出场。

细雨剑门。瘦驴孤影。回响在蜀道上杂沓细碎的蹄声，还凝着大散关铁马秋风的寒意。

梦境余温尚存。乡关万重。孤愤还在一首七言律诗的平仄中隐约闪烁。

川西平原之西，邛崃山下的某个角落——一个大雪纷飞的黄昏，在等待一则羁旅行役的际遇。

3

青衫一袭。在漫天风雪里，只是一点孤独。

黄昏在天地一白中，进退两难。边关的战声，在深雪的脚印中时隐时现。

前面是一座断桥。桥断了，还可以跨过。跨过了断桥，前面全是风雪弥漫的群山。

那一望无际的群山，既不是梦中的山阴故土，也没有边关的马蹄声碎。

一树无主的梅，与一个孤独的灵魂，在黄昏中对视，并融为一体。

4

好想向梅倾诉。

孤独不愿说。理想不能说。该说些什么呢？

而风雪中的梅只叹了一个"愁"字，天地就全黑了。

5

争春无意，只在一个"苦"字。

谁说他不在意宫墙柳点缀的满城春色？谁说红酥手递来的疼痛已消失殆尽？

谁说驴蹄杂沓的惬意已消解了金戈铁马的快意？

梅啊——这一切，他都不想说。

6

天遥地远地，穿越半壁江山的大半国土，只为与一座断桥相遇，只为与一树梅花相遇，只为与一个风雪交加的黄昏相遇。

"塞上长城空自许，镜中衰鬓已先斑。"

联语化作一滴殷红的血，与梅的花瓣一起，零落成泥。

千年后，还回荡在凤鸣村寂寞的夏风里。

安塞腰鼓，在灵魂深处敲响

绵延无际的高原，漫漫黄尘在天地间浩荡飞卷。在我的想象里，这便是我从来未曾抵达过的安塞。

在我梦的高原上，一大群陕北汉子在烟尘中腾挪跌宕。隆隆隆隆的鼓声挟着漫天狂沙扑面而来。

一群奔腾的骏马！

一群矫健的雄鹰！

白羊肚头巾在烟尘中飞舞。

红红的腰带在烟尘中飞舞。

古铜色的脸庞，古铜色的肌肤，沉醉在忘情的鼓点里，在黄土腾起的烟尘里，飞舞！

高原在旋转。天地在旋转。

一种永不停息的舞蹈，每一个动作都夸张到极致，每一声呐喊都惊天动地。

一滴滴汗水，伴着一缕缕艰辛，将苦难撒进深厚的泥土。用鼓点，用呐喊，用不息的飞舞，唤醒一茬茬清瘦的小米和高粱。

安塞腰鼓，在我灵魂深处一直敲击不停的激越鼓点，有的是虔诚，有的是诅咒，有的是欢乐，有的是苦难。

在我灵魂的深处，在我梦中的高原，安塞腰鼓，让我的灵魂与你一同起舞，一同激荡！

陶罐

一段被深埋的时光。

一缕炊烟，一只手，一张脸，一个傍晚的一抹夕阳。

一个被隐藏的黄昏。两只杜鹃，在幽深的林间翻来覆去地歌唱。

我从水中浮起来，盛着满肚子的清凉。挽着一只白皙的手，在嶙峋的石路上，滴答出一行温柔的呢喃。

远处的林间是简陋的茅舍，屋后是苍茫的高岭。

那时，一个健壮的身躯正在丛林里腾挪，一匹带伤的麂子正在悬崖边彷徨。

最后一抹阳光，熄灭在丛林无际的远方。

我，静静地期待着昏暗里燃起的火光，为过于漫长的夜晚熬煮一罐幸福温暖的肉汤。

那个夜晚，的确宁静得无比漫长。

无穷无尽的黑夜无穷无尽的寒凉，无穷无尽的梦魇无穷无尽的绝望。

那些围着篝火的狂舞，林间玲琮的流泉，在无穷无尽的昏睡中彻底消散。暄暄松涛中，淹没了百兽们的歌唱……

记得，我是在一只白手套的抚摸中醒来。

醒来了，不得见那只玉一样细嫩的手臂，那座山一样结实的肩膀；不听得那挟着犀利的山风穿林而来的百兽的呐喊……

面对一双双怪异的眼，和莫名其妙的惊叹，我一片茫然。

草堂秋风

从青羊宫到浣花溪，不为寻梅。正川西平原上秋风盛行的时节。

群鸥在密集的高楼顶上盘旋。喧嚣壅塞了我怀古的路途，一条早已消瘦的溪流，飘着颓废的垃圾，无花可浣。

六十元，买一份虔诚也买一份暂得的宁静，买一缕惆怅也买一缕古典的秋风——只想再次听听，那个骨瘦如柴的诗人，在绝望里发出的希望的呼声。

站在草堂外的篱边，将那复原得过于精致的茅屋，送进那一首歌的意境中，便立即听见秋风怒号，漫空飞卷的茅草如乌云般罩住了四周林荫中的豪宅。抱茅的小儿躲进了别墅。

长髯瘦骨的老杜，呼天抢地的呐喊，被秋风吹散了，被霪雨淋化了，被悄声呜咽的流水带走了。

那时，我真想冲过去帮您抢回那些茅草，找那些贼娃子的爹妈论论理。

高墙深院，门禁森严。找谁论理？何理可论？

那时，我真想劝您，先安顿好自己的妻儿，天下寒士的事何必去管？

您却固执地站在秋风中，遥望苍茫的北方的天空。

那时，我真想提醒您，秦岭太高，蜀道太难，长安太远！何况，八百里秦川也有狂暴的秋风！

你似乎终于有了点迷茫，又将视线转向了东方——此时的夔门正是落木无边，江流滚滚。

西岭已可见隐隐的积雪。泊在门外那只小船，我知道它最多只能将你送出夔门。

天黑了。夜深了。娇儿的哭声溢出。窗扉中一线微弱的灯光溢出。一声穿透时空的歌吟溢出。

　　我站在篱边，不觉泪水溢出……

在浣花溪畔，来一场曲水流觞
——在"诗歌大道"旁的遐想

起点，是三闾大夫峨冠博带的身影，正手抚长须挥袖天问。

终点，是共和国的巍峨长城，指点江山激扬文字，气势恢宏。

浣花溪，从远古的高原奔涌而来，悄然离开磅礴的追逐，行至幽僻处，静待一位战乱中颠沛流离的诗圣，为他濯洗一路风尘。

一段难得的闲适时光，让浣花溪滋润得鸥鹭纷飞，蜂鸣蝶舞。

老杜，我斗胆请您——

忘掉剑门外昨日的凄厉风雪，也忘掉夔门外明天的落木秋霜。

花径不必扫，蓬门为君开。

从战国迤逦而今的文人墨客应您之邀，浣花溪畔列坐其次。

来一场曲水流觞，您意下何如？

老杜，我再请您也请求您的客人——

暂时忘掉官场的得意，也忘掉流离的凄凉；暂时忘掉亲朋别离的泪水，也忘掉京城走马的风光。

暂时忘掉山水田园的月色，也忘掉为民请命的悲壮；暂时忘掉白骨露野的忧愤，也忘掉仗剑行天下的理想。

在这清流潺潺的溪畔，只用你们那份绝世的才情，歌吟那份超凡脱俗的癫狂。让你们柔弱的文人肩膀，承一晌光风霁月，暂换下那一袭过于沉重的济世的苍凉。

一杯酒醉一份情怀，酿珠玑一串。让浣花溪泛滥成欢乐的海洋。

请允许我作你们斟酒的仆人，让你们三千年才情在醉意中飞扬，随水流芳。

还有，请允许我：

不相信刻在石上的文字，只相信——文人的风骨在风中的回响！

从 《诗经》 里漫出了蟋蟀的歌吟

七月流火。

请倾耳聆听从《诗经·豳风》中漫出的蟋蟀的歌吟。

那从土墙缝里，从潮湿的床下，从檐下的花丛，从屋后的竹林，从水边的蒹葭，从彼岸荻花燃烧的晚霞里，那只蟋蟀，总在不辞辛劳地为民间演绎着国风。

三千年前，多少野歌不是在这个季节唱响，多少君子不是在秋雾渐起的时节涉水寻找自己的好配偶？

在蟋蟀的歌吟中，爱情熟了；在蟋蟀的歌吟中，青铜剑蒙上了寒霜，征战的车马缓缓消失在远方。

三千年前秋风乍起的家园，那里，灵动的身影正手之舞之足之蹈之。

歌声的河流，迤逦浩荡。

而今，我只记得最早听懂了蟋蟀的歌声的那位先生一声叹息——逝者如斯！

冬天， 我总会想起西岭雪

就是因为老杜那首诗，那座山岭那片雪就永远矗立在了文字海洋的波涛之中。

它有时像一面船帆，有时又像一面屏风。更多的时候，它在朦胧的意境里酣眠。

川西高原的云雾偶尔会让出一丝缝隙，那时，你会看见一首首唐诗争先恐后呼啸而去。

我想起西岭雪的时候，便独坐在浣花溪畔。身后喧嚣无度，岸上有的花早已谢了，有的花还藏在芽苞里。

有时我也去想想那一场秋风。那个呼天抢地的老者的身影，让我倍觉寒冷。浣花溪距离那座雪山不远。而走遍了千山万水的老杜竟从未抵达。

也许，老杜是在一脚踏上东吴万里船的时候才一眼瞥见了那座雪山。雪山虽然一直镶嵌在他茅屋的破窗之中。

负雪的西岭，只为一个将下夔门的背影露了容颜。

巫峡的秋风已在呼唤。沉郁的飘零怎能流连？

苏子出蜀，眼里有无尽天涯万里江山，却不曾看见这座积雪的西岭。

陆放翁纵马游历，在青羊宫到浣花溪三十里馨香不断的途中，也无暇抬眼看看西边。

我想，在夔门秋风中登高的老杜，未尝不是在遥望洁白如玉的西岭雪！

那个持节牧羊的男人

十九个春秋。

这个男人最精华的岁月就这样在那荒无人烟的大漠里被朔风吹散了。

从长安出发，向西域一路进发的身影，在夕阳里越拉越长，最终匍匐在地。

那些匍匐在地的身影，背负着家国的分量。在那看似儿戏般的你来我往的喧嚣中，无垠的戈壁，那一轮太阳总是血红。

庄严的使命也挡不住冷酷的剑霜。哪怕主子的一句废话也可以让长安城和大漠之间烽烟蔽日。

胆怯的降了。苟且的反。懦弱的死了。

绝望的眼神被漫漫黄沙遮断了故乡的鸡鸣和狗吠；长安城中，夜夜不息的捣衣声只向一轮孤月诉说。

南来北往的大雁，绕道烟柳灞桥，循迹远上云间的黄河，不敢倾听风中那如絮般的呼唤。

也许苍茫的大漠有别样的落日。

狂风，暴雪，飞驰的马蹄，如云一般游荡的时光，如何能比拟长安城幽深的巷陌和森严宫墙里隐隐的笛韵和钟声？

一次次亲手引出自己的热血祭奠不死的思念，一次次让离体的魂魄寻找迷失的故园。

使节秃了。须发白了。

北海的酷寒，冰冻了一场滚烫的梦想。

物是人非的回归。

秃了的使节还是使节。老去的男人那是那个十九年前的强壮男人吗?

身后的北海很遥远。两千多年的时光很遥远。

而那个在荒原上放牧了十九年生命时光的男人的故事,却似乎就在眼前。

天净沙·秋思

马致远，我知道你那一串文字是在书写秋天。但是我要固执地把它移到冬天，那分明就是一个无雪的冬日。

小桥旁的人家有母亲生起的炊烟。流水已瘦，枯藤叶落在菜园边的篱下。

从散曲的字里行间，还翩然跑出一只摇尾的黄犬。在清癯的黄昏，欣赏久违的一抹落霞。

老树，是在春天就已老去。昏鸦之昏其实也不分季节。

就如那断肠人，经过无尽的长亭和短亭，在天涯海角何时不断肠呢？

马致远，请原谅我。我还要让那个断肠人刚好到家。

马比流水还瘦的时候，家便是梦的驿站。

瘦水成冰的时候，驿站便是梦的家。

有古道就有天涯。谁不是在西风中渐行渐远又渐近老家！

只要一出发，天涯就是家。天涯断肠人，断肠终回家。

在这个被我借到冬日的黄昏之后，我再安排一场铺天盖地的大雪，掩埋所有旅途上的足迹和悲吟。

雪落天涯，雪落老家。给乡思的冬夜飘落一片宁静的夜话。

从一缕茶香走进唐诗

才从酒的宿醉里醒来，就溺进了茶香的雾中。

歌楼彻夜不灭的灯火，此时黯了。通宵达旦的歌吹，此时息了。

温柔的呢喃还在茶雾中起舞。丰腴的腰肢和彩云般的水袖，在茶水中幻存着倒影。

细雨敲窗，芭蕉叶上的点点滴滴，氤氲出一阕又一阕律诗和绝句。

这些从茶香里生长的带着温柔夜色的诗句，可以边塞也可以田园，可以幽篁鸟鸣也可以金戈铁马。

被夜酒蛊惑了的灵魂，茶香可以唤醒。

被夜色迷乱了的意象，在温润的茶雾中可以再次排列成意境的阵列，踏着平平仄仄的步点走向无穷的未来。

《全唐诗》九百卷，浩荡无垠的江山。除了酒的河流，还有茶的原野；除了酒的狂人，还有茶的雅士；除了酒的迷惘，还有茶的清醒。

那个叫陆羽的孤儿，从寺院里带着茶香回归俗世。在一行行诗句中点缀茶道的精魂，唐诗从此开始葳蕤嫩绿和青翠，开始在迷乱的酒气中多了一份清爽的山风。

五月鸣蜩

十五《国风》，风花雪月在四季里流转。

而五月，不仅有未开尽的花，还有等候在七月里的蜩鸣；不仅有烈日下的苦吟，还有小河边树阴下的情歌。

五月鸣蜩，在热风吹拂的原野，在炊烟弥漫的家园，在爱情缱绻的月下，演绎成兴观群怨的主旋律。

一只知了就这样伏在《诗经》的字里行间，把一个个盛夏的五月唱得汗流浃背。

少年返回《诗经》，在茂盛的野草和庄稼的鼓舞下开始觉醒爱情。

阡陌和井栏属于每一首民歌，在关关雎鸠的引领下，和离别与远方产生关联，和木瓜与琼瑶产生关联，和蒹葭与流火的七月产生关联。

这些遥远的典故，难道不都是那一只知了在讲述？

五月的杜鹃鸟只会啼血，五月的蛙鸣只是乱嚷。

五月鸣蜩，才让一望无际的乡土幸福而又忧伤。

五月鸣蜩，脚步等不及子实的成熟就奔向了远方。

在多重变奏的和鸣中，一程程山水阻挡了眺望的双眼。

从五月出走，三千年的途程都有鸣蜩的陪伴。

今天，新民歌却删掉了蝉的声部。

鸣蜩的五月，也退回《诗经》做了一个典故。

开到荼蘼花事了

在蔷薇科的园子里不露声色，怀抱一蓬热烈安处一隅。

让所有的娇艳在春风中放肆，静坐于古典的意境里看莺歌燕舞。

在《诗经》里轻轻伸展枝叶，在唐诗宋词里慢慢孕育花蕾。让馥郁的芬芳收敛欲望，拒绝一次次夜雨的催促，让索爱的蜂蝶失望而归。

精致的花瓶盛满春风。仕女的秀发簪满夜雨的呢喃。

百花的阵列在欲望的眼神里变幻出无数的仪仗，在一次次的凋零中滴出血色的黄昏。

在一首七言绝句里，余下微微的喘息，余下望眼欲穿的离别故事，余下羁旅行役的夜半不眠。

在这样的时刻，总有一丛不露声色的灌木，在驿外断桥边，在西窗篱墙下，怀抱一把无弦的琵琶，演奏一阕无声的别离。

从不站在门前，也从不高声喧哗。

独处，让出空旷。群处，只做篱笆。

直到所有的艳事筋疲力尽，婉约词在初夏的蝉鸣中零落成泥。

这群芳园的后事，留待荼蘼。

让白色的火焰点燃杜鹃鸟的歌唱，在温热的灰烬里抽生几枝豪放的新芽。

今夜此时， 鬼们正陆续聚集

让灵魂出窍，来个万鬼空巷。

借一个舶来的节日，理直气壮地装神弄鬼。

面具。魅影。夜半歌声。

阳光下坐得太久了，只想在黑暗中融化真身。

在黑暗中让善良邪恶一回，将时间和空间扭曲，把无聊得纯净透明的青春挤成一副滴血的鬼脸。

夜风在深秋里变调，冷的绿火闪烁毛骨悚然的快乐。

在悠悠的游走里，用鬼的眼睛去看鬼的世界，用鬼的躯体去迎接扑面而来的寒冬。

互相惊吓，互相拥抱。互相用冷火窥照失魂的躯壳。这异样的秋夜，是做鬼的美好时光。

放弃躯体的重量，像纸片一样在夜风中飘荡。抛弃灵魂的负担，化成极光般的冷焰，潜入敌人和爱人的梦中，偷偷欣赏梦魇的呓语。

再多的酒也醉不了无魂的影子。再多的记忆也追不上飘荡的魂魄。

让留守的哭与笑，都冷死在孤寂的空巷里。

鬼们，别忘了回家！

鸡鸣总会如期而至。蟋蟀最后的歌声，一定要在窗下送给你归来的灵魂！

不饶岁月

岁月不饶人，我也不曾饶过岁月！

——木心

好喜欢那个老头儿！

结局就是宿命。亦步亦趋如赴死的囚徒，苦难和哀叹如影随形。

灵巧通透如黛玉，何如木心？

季节之河在惯性中流淌，我逆向而行。萤火从黑暗里退回暮色中消失。鸟儿从河面返回丛林的枝头。

趁着夜色翻越邻家的篱笆，在蹑足轻行中寻找金戈铁马。砍倒风中的旗，让一支狗尾草用轻薄的口气讲述季节的奥秘。

炊烟，可以在梦中摇曳，也可以在呓语中坠落。黄昏时暧昧的落霞可以挂在所有梦境的窗口。

让幸福的醉语打到一切。脚步清醒，话语迷途。

拦截一路的妖娆携手同行。无所忌惮的野歌，无词而情深。

让每一秒时光重新排列组合道德的文字，在颂词里倾听哀歌，在温良恭俭让的仪节中悄悄埋一粒小坏的种子。

在江湖里忘记一些旧相识，结交一些新相知。提一壶浅醉穿过灯红酒绿，题壁春宵，平仄一段堕落的岁月，让事故哭笑不得！

岁月不肯停下脚步，我为什么不可以偶尔赖着不走？

从残月柳岸边醒来，告诉老头儿——我与岁月相忘于江湖！

晚来天欲雪

不分季节，这句诗总时不时光临我的北窗。安静的傍晚，渐渐压下来的暮色藏着寒意，那是从古诗的平仄和笔画里逃逸的意境。

鸟鸣声回归山水，车流声回归边塞。秦淮河的暖昧，巫峡的落木，全让叠进《全唐诗》浩瀚的卷帙。

于是，我的北窗，永远坐在冬至里，永远坐在驿道边。

那场雪，下也行，不下也行。

那碗酒，我并不邀约别人。

这样的傍晚，只适合等待，不适合相聚。就算有一千封一万封信疾走在路上，却并不需要留下回信的地址。

很多时候，书信只是一种情绪，只要它在驿站之间行走，羁旅的情怀无须安放。

其实，我也许根本没有羁旅的情怀。他乡和故园仍然只是个典故，只是这个典故一定需要风雪来点缀，才会有提笔写信的欲望。

能饮一杯无？

对影成三人！

春联

雪花飘起的时候，你在睡梦中醒了。在五九六九的凛冽中，你开始发芽了。在时光的转角处，你和梅花一起开放。

那些幸福的咒语，从民间的汗水和苦难中汲取营养，短暂绽放便零落成泥。

谁真盼望过它结出现实的果实？

我们只兴奋于它火一样的热情，酒一样的迷醉，梦一样的缥缈。

只兴奋于在每一个时光的轮回处它的如期而至。

它端坐在民间的门楣上，向众生布下一抹寒冷中的暖阳。聆听虚空里碎响的鞭炮和乡径上回旋的鼓点。

在生命神经的末梢上，这些微弱的刺激总能一次次激活遥望的眼光。

深厚的时光土壤孕育的梦想种子，用短暂的鲜艳鼓舞着一批又一批出发的脚步。

生命： 在新历中消逝， 在农历里轮回

生命总是在时光之途奔走。

新历，是别人指给我们的路途。未来无穷，而"无穷"就是"无"和"穷"。

没有终点的路途，一枝鲜花从含苞走向枯萎，最后消失于虚无。

农历，即使被"新历"贬损为"旧历"，它永远都叫"夏历"或者"华历"。

它与一个朝代紧紧相连，它与一种生活紧紧相连。它不屑于标注某个人的出生与死亡，只关注天地日月的行走，用日月的脚步丈量生命。

日月在轮回中，爱抚每一株植物，轻拍着让它们睡去又轻声呼唤着让它们醒来。

二十四个节气，是二十四个脚步。二十四个脚步围成的圆环，每一步有每一步的风景，每一步有每一步的歌谣。每一个生命就这样唱着，走着，错过了的风景还会回来，失去了的情节还在下一步等待。

暑热寒凉，繁荣凋零。喧闹沉寂中，生命，动若脱兔或者静若处子。

一株新芽必将在下一个节气里再次顶破同一抔土，一穗籽实必将在相约的阳光下再次绽放金黄。

失去的风声，还会在那个窗口等待；失去的爱，还会在那座山头遥望。

轮回，逼你绝望，再给你希望。

农历，不是神的隐喻，而是我们祖先的叮咛！

三

梦里故园

拣拾阳光

花草五章

四叶草

四叶草，在那片空地上肆无忌惮地喧闹。

那些密密匝匝的小腰身，毫无顾忌地互相紧贴，让人心生嫉妒。

天下哪里还有这样的亲密无间两小无猜？

稍远处，那稀稀拉拉的几叶，正举着戴瓜皮帽的小脑袋往这边张望。然后，我看见它们呼呼地奔跑过来。

而且，分明还溅起了一路烟尘。

四叶草，让生命的激情扎堆。

然后一齐向上，在阳光下点燃飞升的梦想。

喇叭花

一支，又一支。它将那些精致无比的小喇叭挂在那纤细的腰上。

在草丛里，在乱石间，在颓垣上。喇叭花，无忧无虑地流浪。

狂风，暴雨，还有烈日，一次又一次，将它的喇叭打碎，熔化。

只要黎明到来，林中画眉鸟一声歌唱，喇叭花，又排起生龙活虎的仪仗。

艳艳地，颤颤地。在晨风清露中嘀嘀地吹响。

你怎么又叫作牵牛花？

你莫不是伴我度过童年时光的那个放牛郎？

柴胡

以药材的名义，在一本叫作《本草纲目》的书中默然独立。

而你，分明是初夏时节清晨和傍晚，路旁沟畔最健康最绰约的身影。

在川西平原的丽日和风中，举着细柔的双臂，旋转成一幕幕醉人的芭蕾。

在喧闹的原野卓然独立，眺望西岭千秋积雪，聆听黄鹂鸟在翠柳荫中一遍遍婉转的啼鸣。

春花艳过了，你还翠翠地绿着；夏果站满枝头，你依然翠翠地绿着。

站着，舞着，翠翠地绿着。一直到深秋的某一个阴雨绵绵的黄昏。

你的花原是开过的，你的果实正紧抱在你的怀里。

你却什么也不说，悄悄地回到那本书里去过冬……

折耳根

折耳根，是它的类似于狗娃子一样的小名儿。

大名叫作鱼腥草。

在寒冬的某个黄昏，它悄悄从沉睡中醒来了；醒来了，开始侧耳倾听遥远的春风的旋律，还有那隐隐的雷声。

一滴夜雨敲响了紧闭的门扉，它轻轻探出头来，便听到了第一声清脆的蛙鸣。

在润湿的泥土中惬意地伸展那白皙而修长的腿。拱出头来，在暖暖的光里大大咧咧地翘首遥望万紫千红。

折耳根，从故乡层层台台的田埂，一直追随着我的脚步远行。

这时它正在我窗外的那片草地里，守候着我书桌上溢出的灯光，正侧耳倾听我心灵深处永远不绝的乡音。

野草莓

在多雨的仲秋里，我常常思念起故乡的野草莓。

那是一条无名的小溪，叽叽咕咕地从家门前流过。仲秋的夕暮，在清澈的溪水中，照耀着黛墨的水影和孤零零的枝柯，照耀着青灰的瓦房顶和顶上像麻花一样扭来扭去的炊烟。

这时，在水中会发现有黄色的星星，一颗，两颗……瞬间变成了黄灿灿的一片，把溪水染得金黄。

——那是溪边的野草莓的花开了。

小狗小猫蹑着脚从田埂那头过来，踏着这些小黄花向葱绿中眨着紫眼睛的苜蓿田中去了；偶尔也有两只蝴蝶飞来，胡乱地吻了几下也就飞走了……

小黄花还是一个劲地开，溪水渐渐地就把黄花带走了。

野鸟素描

麻雀

鸟类的大众，鸟国的平民。

或成群结队，或单身只影，四处流浪，漂泊于任何空间。高楼林立的城市，或者广阔苍茫的乡野。在檐头瓦缝间织巢，也在竹林树枝间架窝。

小小的喙，啄食虫子，也偶食谷粒。虽食量有限，却因群体庞大，便成了人类的敌人。

麻雀，是唯一遭遇过迫害的飞禽。

在那个年代，各个山头晃动着竹竿，飞扬着吆喝。小小飞影在旷野的热风中纷纷坠落。

自私无情的人，竟然嫉妒一群小小的飞鸟。曾经多年，难听到它们轻捷的飞鸣。

庆幸在我的乡间，现在又能看到它们快乐的身影。

翠鸟

鸟中隐者。独钓寒江雪。

一枝细柯横斜，一粒铁铸般的翠绿身影；一片映着天光的水面，明澈如镜。

世界沉寂。漫长的守候。

一抹小小的闪电，翠鸟从枝上俯冲，刺破水面风色，没入水中。突然直冲而起，稳稳站立枝头。尖喙上，一尾银色微微挣扎。

划一道弧线，从田埂上竹林旁掠过，悄无声息。

隐秘的土坎，一个黑黑的不知深浅的穴，便是它的家。

它的敌人是蛇、老鼠，还有顽皮的村童。

还有在塘边竹竿上涂抹粘胶的养鱼人。

唧唧雀

一群身材娇小的不知忧愁的乡下女子。

在乡间的林隙，如精灵般追逐嬉闹。在风中，只是一抹若有若无的影子。立于细枝上，细长的尾羽上下摇动，小小的脑袋上下晃动。

唧唧唧唧，唧唧唧唧，呼朋引伴。那正是王摩诘"竹喧归浣女"的禅意诗句。

拇指般大小，心灵手巧的村姑，在芭茅草和麦子林中织巢。一挂精致无比的细长草袋在乡风中悠悠摇晃。

天真烂漫的小女子，满含羞涩，在农人视野的远处惊惶地掠过。

躲在绿阴下，倚门回首。

画眉鸟

大大咧咧的憨女子。

嗓门粗大，不看场合，还常常怪声怪调。

喜欢聚在竹林里聊天。放肆地叫喊，放肆地大笑，放肆地疯打。幽深的竹林，被它们摇得哗哗作响。

褐色的外衣并不美丽，臃肿的身形并不轻盈。从不打算减肥瘦身，丰腴的身形是自然美。

这些大大咧咧的憨女子，无忧无虑的憨女子，它们只在意一件事——千万不要被关进笼子去学说人话。

有时它们也到地里觅食，偷吃农人刚刚播下的种子。

它们知道那是在干坏事，总是一副提心吊胆的样子！

水鸦雀

黑白相间的外衣，身影清秀。

常在浅水中漫步，在露出水面的泥堆上站立，踮起脚跟遥望田园风光。

独行而不寂寞，短促而尖锐的飞声有如铜哨。

而清晨，定时定点的歌唱，成了农人起床的信号。

儿紧眠，儿紧眠，老汉起来挑牛屎粪……

这反复无数遍的婉转歌吟，唱开了农舍清晨的门户，唱出了屋顶袅袅炊烟，唱得农人扛着农具牵着牛儿走向田野。

母亲总会在我的床前说：快起来读书，你听，水鸦雀都在催你了！

燕子

极富教养的生灵，它分明就是农家的亲人！

在春风渐起的时候，它们优雅的身影从山垭口飘来，停在屋外的晾衣竿上。一阵惊喜的问候，它们欢呼着回到了自己的家。

打扫，收拾，整理，翻修，扩建……紧张忙碌。快乐地飞翔，穿梭在门窗空隙中。白腹黑背的绅士，在暮鼓晨钟里表演着华尔兹。

晚上，全家大小排列在巢边，挤挤挨挨，低低交谈，欣赏农人一家晚餐桌上的温馨。

清晨，它们便齐齐地站在电线上，尽情歌唱：

不吃你的米，不吃你的谷。给你造间屋，给你生个（唧——）蛋！

这样懂事的孩子，难怪农人们心里充满了怜爱。即便顽劣的村童也不曾对它伤害！

小地名：乡土的符号

黄连嘴

黄连嘴，山坡余脉突出的地方，就在我家房子的侧边，连接着外婆的家。

一块被暴雨冲光了泥土的石滩。日晒；雨淋。细如沙子的石谷子。长流不断的浸水。地木耳。零星的狗尾草和夏枯草。

偶尔，一条瘦狗踏着湿浸浸的沙石风一般地掠过。串门的狗，满怀兴奋。

想必这里以前是该有一棵或者几棵黄连树的，而我的童年记忆中没有。父亲的童年记忆中也没有。

站在黄连嘴，外婆的家在望。童年，常常在黄连嘴久久站立，等待外婆的呼唤。然后蹴在外婆家的高板凳上将大碗里的稀饭灌进肚子。

黄连树，没有留下苦的记忆。

清明坡

清明坡，正对我的家门。

不知道这名字的由来。我始终固执认为，那是一座春来葳蕤着清明花的山坡。

有无数荒坟。但记忆中没有恐怖。成片的麦地涌着碧浪。连绵的红苕藤封住了土畦，封住了小径，铺满童年的梦境。

那是布谷鸟发出第一声歌唱的地方。是斑鸠发出最后一次歌唱的地方。是优游的白云歇脚的地方。是暴雨自由地跳舞的地方。

童年的睡床向着朝东的木窗。第一缕霞光催醒关于山野的梦。霞光出发的地方是我读书的小学堂。

高峰寺

我的童年大半都属于这个地方。高峰寺，早已没有寺，变成了一个山坡的名字。

曾经有寺，肯定的。山顶附近的泥土里埋着的很多厚实的瓦片可以证明。老人们的絮絮叨叨的故事可以证明。

一座奇特的山坡。比周围所有的坡都高。山顶平坦，正五边形。长野香葱和灯笼花。挖香葱可以挖出铜钱。

高峰寺，乡土记忆的制高点。人生第一次关于心旷神怡的记忆来自这个土山。人生第一次知道山外有山也来自这个土山。

高峰寺，让我的灵魂受到诱惑。半山腰那些隐隐约约的壕沟，无论说它是百年前的挖宝的遗迹，还是打土匪的战壕，对我早已没有了吸引力。

丙田湾

湾里有我家的土。回家不见母亲，在丙田湾多半可以找到。

丙田湾没有房屋，只有田土和树木。有夜哇子的叫声，毛骨悚然。菜花蛇，火炼子，癞格宝和夹蚂蚁。寂寞，邪气，又生机勃勃。

捉迷藏时让我矛盾万分的地方。藏那里，没人可以找到我；藏那里，也没有人会来找。

似乎母亲没有我这样奇怪的感觉。或者干活的吸引力让她不在乎了吧？

站在黄连嘴的石谷子滩上，扯长声音喊：妈妈，吃饭了！丙田湾有空洞的回声。

母亲从地里直起腰来，向我挥了挥手。这个镜头永远都存储在我的乡梦里。

搭木桥

土地有界，是搭木桥告诉我的。

我可以肯定的是这儿以前搭有木板的，眼前是没有。其实是一个被水冲垮了的大水缺。几块大石头，零乱地躺在沟中。过路者踏脚所用。

跳过去，是另一个村。跳过来，是我们村。

跳过来，肖家院子的老大正挑水，放下水桶等着我去吃他的大黄瓜。跳过去，田埂上站着那个看水的毛胡子我就不认识。

关于搭木桥，最深刻的记忆还是那次恶作剧。

——脚步上挖坑，灌稀泥，野草遮盖。然后躲到那边林子去。

不久，我的老师打着赤脚来了，手上提着一双胶靴。看到我们，用指头指了指，骂了几句，独自去了。

大竹林

大竹林，其实不大。

葱茏，如烟，袅绕在院子周围，袅绕在童年的记忆里。

春天，蚂蚁在笋子顶破的土缝中进出。夏天，蝉在清风中高唱勾魂。

秋，渐凉的夜梦尽是纺织娘尖厉的歌唱，莫名的感伤；清晨，飘落的竹叶洒落满地落寞凄凉。

只有冬，大竹林让我们在远处观望。那些在雪夜里清脆地断裂的身影，以及惊惶地从林间掠过的画眉。

院子里所有人进出的门户。永远闪动着农具和水牛的身影。竹兜下眯眼的狗。刨食的鸡。

还有，竹椅上躺着的，要让我们用蒲扇冷死他的那个堂哥光着上身的大肚皮。

大竹林，第一次我感觉到了忧郁！

青枫坡

两个小山坡，童年的大森林。

野兔，记忆中只是一抹灰色的影子。大多时候，只能看到圆圆的粪球，咬断的红苕的茎叶。

布谷鸟从这个山头笨重地跌到那个山头。草丛中的蛇，因想象和夸张的传说而怪异无比。

青枫坡，因青枫而神秘。其实，青枫也不神秘。神秘的是有如此多的相同的树长在一起，以及树上光滑圆润的可以作为玩具的果实，以及五月林间那些肥硕的青枫蚕和林子里的菌子。

青枫坡，其实就是因为菌子才神秘。颜色各异，形状各异，口味各异。走过去时，没有；转过身，有了。手不能指，不然它立即就会消失。

蛇的口水，斑鸠的羽毛，野兔的尿，以及古墓的气息，全都与菌子有关。

插秧时节，林子里就开始闪动着妹妹的身影，提着装满了菌子的竹篮，飞着一条大辫子。

王家垭口

我人生远行的第一个出口。

其实就是两个小山之间的缺口。山不高。缺口不宽。一条土路蜿蜒而过。沾满露珠的茅草。水牛的脚印。忧郁地坐在路中央的疯狗。一个不知深浅的幽幽水凼。

令人兴奋的记忆。

垭口上有个大院子，都姓王。男人野蛮，说话粗鲁，脸色凶狠。犁田用青枫棒抽牛，喜欢用话语侮辱水牛的母亲。他们算来与我家有点亲戚关系，所以，从小，我就原谅他们。

每天，太阳从垭口那边升起。王家垭口，我去小学堂的必经之地。

送公粮，连连牵牵的担子从垭口流过去。垭口那边很远很远的地方，是我做梦都想去的镇子。一个清晨，母亲从这里把我送到遥远的省城。

只有经过这个垭口，才可以去到最远的地方——这是我现在都还保持着的感觉。

古家岭岗

一条约一里路长的山脊。油桐树是古家岭岗的标志。

顽皮的赤脚几乎爬遍油桐树每一条枝桠。在每一块麦地的边上，都有它站立着的孤独身影。阔大的叶子，在风中唰唰地招摇。这时，便有野蜂狰狞的巡游。

古家岭岗，有邻村的酸涩苹果的诱惑。那在麦地里隐隐垂挂的果实，总是固执地出现在我少年的梦里。秧苗返青的时节，我们在古家岭岗的石崖上贪婪地品尝着鲜红的覆盆子。

其实，我还有一个无人知晓的秘密。

岭岗下有个孤独的院子。院子边有一棵高大的核桃树。树下有一间牛圈屋。屋旁有一张石板桌子。鸡。猫。小狗。还有……一双大大的眼睛和一条长长的辫子。

一个少年，开始孤独地站在青春的路口痴痴遥望。从此，永远忘不了这道山脊！

瓦厂

在偏远的乡下，我是真正地把这个也看作工厂。

一口圆而幽深的窑。黢黑。阴冷或者炽热。胆战心惊地探头。从来没有看清楚过窑坑里的风景。

两座大草房。臂粗的木头支撑。四脚透风。满地细炭灰，地牯牛钻出无数旋涡，旋涡里藏着无数秘密。草缝里，飞鸟筑巢。飞檐走壁的童年，与鸟为敌。

成排成排的砖码放在草棚外，那是豪放的。草棚内，是婉约的瓦坯，一端还刻着细密的纹路。

掌窑师，一个光头的胖老头。站在窑炉口，光着上身，用长长的钢钎使劲地捅那些通红的火焰，然后双手使劲抓挠裤裆。永远都穿一条辨不清颜色的破短裤。

穿围裙的表叔，转动着木盘，举着瓦刀幽雅地忙活。瓦刀在旁边的水缸中表演蜻蜓点水。这让我产生了童年第一个理想——做个泥瓦匠。

覃家大院子

那个院子的确很大，横着三层，两边各纵着两层。从后坡上看，数不清的天井。

神秘莫测，连从里面走出来的人。并非全都姓覃，杂姓很多，享受着地主的成果。

尤其那些天井，总招引着我们童年顽皮的小石块。石块跌落，空洞惊心，常常就有恶狗从后阳沟灌木丛冲出，攥出漫山遍野的小脚印。

那是去到公社的必经之地。公社的商店和大会堂，敲钟的伙食团，轰鸣的发电机，帆布吉普车，腆着肚子的书记，意识中常常与这个大院子联系在一起。

这是个大地主的宅院。大地主埋在大院子后面的山窝里，有高大的石碑。

总觉得那个地主一直在山坡上恨恨地望着这座神秘的大院子。

院子前面不远就是公路。因为这公路，我把覃家大院子看成是个大地方。

覃家林

在那树木已经基本被伐光了的年代，覃家林是一片稀罕的林子，就在覃家大院子的后面。

油桐树。桉树。洋槐树。女贞树。野葡萄。丛生的杂草……

误入其中的童年时光，总沉浸在那些怪异的鸟鸣和扇动的黑色翅膀的阴影中。

枯树干上的老木菌，隐隐的腐朽的气息。干牛粪上，白色半透明的菌子，显示着洁净的氛围。

拾柴的孤老头子唱着怪异的歌。他的窝棚，就在林边。

都说他有道法，可以在空空的锅盖下掏出花生和烧酒。只是我从来没有吃到过。我坚信，这个林子是他修道的地方。

老头子，衣衫褴褛，满脸胡须，没有嘴。背上有几个肉瘤。我疑心那是他储存道法的机关。

我要吃花生，我要吃花生！我们常常揪着他背上的肉瘤不停地喊。

长草房

两辈人，四个光棍。

长草房就是他们的家。

一溜五间土墙茅草房，风雨飘摇。长草房，在一个偏僻的山窝里。房顶上长满翠绿的野草。一根黑烟囱，孤独地冒着白色炊烟。

背驼的父亲，三个强壮如牛的年轻男人，我老是奇怪这一家怎么就没有一个女人。

我家的公牛夜里跑到长草房去找他们家的小母牛，四个男人兴奋了好久。

挺能吃，有坛缸钵和大海碗的绰号。队里刚熟的稻子被人盗割，在四个男人的破席子下找到了还未脱粒的稻把。清查的人默默地离去，驼背老人却上吊了。

我跑去看。三个男人在破屋前光着上身坐着，一言不发。

堰坎

堰坎，就是小水库的堤坝。就在我家门前。

平坦。开阔。山水相依。

与此相关的记忆，涨大水，漫过坝顶，有红鲤鱼在被水漫灌的高粱地里跳动。憨厚的父亲，被聪明的邻居愚弄，让拿着一根竹竿站在坝边，准备击打跳上岸的倒霉蛋。邻居却在那边的缺口抓住了好多条大草鱼。

夏季的乐园。一天多半时间赤裸着身子浸泡在黄黄的浑水里，练就一身浪里白条的本事，起来后把皮肤挠成白色，躲过母亲的检查和责打。

夏夜，堰坎开始疯狂。上下湾的孩子陆续聚集，张狂的喧嚣让整个山野沸腾。

还有些蠢蠢欲动的年轻男人，追随着前来嬉戏的重庆女知青，说些我们听不懂的话，做些我们偶尔看得懂的放肆动作。

隔壁二哥说，有人掀了那个女知青的裙子。我相信，但我没有看到。我只听到了一声尖叫。

关于堰坎的记忆，总有那几个貌如天仙的女知青。

保管室

丰收和贫穷的记忆都保管在这里。

湿滑的青苔。开裂的晒坝。裂缝中的狗尾草以及遗漏的稻粒长出的嫩绿的秧苗。

摊晒着或者堆放着的谷子。高举着的油筒。喧闹的人声和晃动着的人影。

队长。保管。会计。贫协组长。一些胡子拉碴的男人。会计高声叫着户主的名字。到处是兴奋或者哀叹的声音。

甜高粱秆的诱惑，让孩子们脱了裤子狂舞，被男人们刚吸过的旱烟管烫了屁股。

疯张的小孩，把一个男人的空心短裤给褪到了脚弯。暴涨的笑声和小孩子挨打的哭声让贫穷的乡村之夜生动无比。

那悬在屋梁上的破木床，是守夜人的睡处。能够在那上面睡一夜是很多小孩子的梦想。

在粮食堆上盖灰印，是一种神圣的行为。我从父亲手中接过那个长方形的木盒子，在谷堆上认真印下了白色石灰的"封印"的文字。

一夜暴雨， 我的梦境爆发山洪

傍晚的闪电穿透窗户。

滚动的雷声迅疾将大水泼下。连日的酷暑从雨帘中隐退，一场好梦正在枕下静待我的光临。

狂风在暴雨中奔突。暴雨在夜幕中扫荡。

所有的嘈杂都被稀释，被冲走。高楼，铁路，输电塔，苍茫的原野和蜿蜒的小河，还有河边小屋里那盏灯火，被一只无形的大手席卷而空，只有一块被夜色染黑了的雨帘挂在窗前。

我在无边的轰响中踱入梦的深处——

父亲的坟头，柏树林正在风雨中疯狂摇晃。

母亲，站在老家堂屋的门口正遥望远方。

哥哥还忙碌在山野，返青的稻禾在急雨中淹没了头顶。

妹妹在牛圈里，用雨声润湿饲牛的青草，呆望着灶屋顶上被雨水浇灭的炊烟。

我看见柏条河水已漫过了堤沿。一排排清秀无比的桉树在裸浴，大风飞卷着她们苍绿的秀发。

河水优雅地漫过了原野。树林成岛，农舍为船。

有惊恐的呐喊从原野泛起。一只黄犬站在房顶，没有叫声。

河岸的高坎上有奔跑的人影，似乎在追赶着激流中的什么，也好像在躲避着什么东西的追赶。

我还看见了，在遥远的龙门山脉，那一片在两次灾难中还没有复原的崇山峻岭，山塌了，桥断了，路淹了，车翻了……

沟谷里，泥石流正翻滚着惊天动地的雷声；河流中，洪魔正驱赶着数不清的生灵。

在一个断崖的边上聚集着成群的山民，大地的混响淹没了所有的呼叫和哭声！

我也挤在人群里。我跪在天地之间声嘶力竭地祈祷。

醒来，我的枕头已被暴雨湿透。

年关

1

那几树梅在紫荆树的浓荫下，已缀满了花蕾。这四九里沉默的喧嚣，竟勾起了行人关于远方的情愫。

在年关渐近的时候，它一再隐忍，似乎开放并不是一件必不可少的事情。让每一粒花蕾代表一个繁体字，让每一个花枝代表一句婉约词，让整树暗红代表一段羁旅行役的阳关三叠。

雁去了，还没回。一个问讯，在风中无数次折回，竟无法发送一阕淡淡的乡愁。

2

何处不是驿站？何处没有断桥？

一封家书，穿越唐诗宋词和元曲迤逦而来，只有读给那无主开放的寂寞来听。

飞机高铁，越过长亭短亭。故乡的距离，仍在瘦马疲惫的蹄下。炊烟的意象，仍只点缀田园诗的意境。

无论归途上脚步多么密集，谁知道还有多少遥望留守他乡？

3

每个人故乡的村口总有一棵古树，那是专为眺望的眼睛准备的。

每个人的梦中总有一声狗吠鸡鸣，那是专为微信的语音准备的。

南浦灞桥，只在离别时才成为古典。有多少脚步，一旦渡过桑干水，却望他乡是故乡？

凭借一部手机，任你天涯咫尺。

4

在腊月异样的风中，总有某种气息让异乡漫起离愁。也听到更远异乡的鹧鸪声，在招引欲望的脚步反向的奔赴。

还有多少人在古典的意境里沉醉不醒？又有多少人从平仄的格律中纷纷逃离？

未知的远方渐忘归途，乡音就去醉意里倾听吧。他乡的酒与故乡的酒一样醉人。

归与不归，故乡都在那里，不言不语。

四季物语

春阳

从窗玻璃外呼啸而入。这个闭塞的空间立即被温暖淹没。

一丝丝金色阳光穿透冻结已久的肌肤。一声欢呼从灵魂的深处发出，在窗口略作停顿，化作一声悠悠的叹息……

两只早醒的蝴蝶，在窗外抒情地对唱《梁祝》!

雾

请让我走入雾中，让我在迷失中寻找失落的梦境。

请让我走入梦境，让我在失落中寻找那一声叹息。

请让一切隐去，让记忆清空，让视野布满纯白；让我，循着那一声叹息缓缓飞去!

热风

知了的歌声在正午的枝头燃烧。旷野里，空洞的蛙鸣在抽穗的稻田间摇曳慵懒的炊烟。

柏条河无声地淌过来一路寂寞。从五月一直唱过来的布谷鸟，飞翔的影子开始变得笨重而迟钝。

一句刚发芽的七月诗句，瞬间被蒸干水分，枯萎成午后的一声喘息。

在疲惫的飞升中撒手许多爱恨情仇。

蟋蟀

从《诗经》里跃出，秋的使者，在未知的角落怯怯的低吟。

七月流火，不再是秋凉渐起。我愿将错就错——流淌着火焰的日子。

每一声啼唱，都是一点故乡的萤火，将窗外钢筋水泥的压抑变成金黄的秋的原野。

牛圈

严格地说，这儿只是一小块地基。在竹林下，早消失了那座破旧的柴棚，还有那些深深浅浅的蹄印。

乡村已隐藏在荒烟蔓草间。回归的野鸟的起落，在稀疏的炊烟里寻找明镜般的水田。

水牛，成了童年记忆。牛蹄印，只是农业主题的古典意象。牛圈，离我的笔端越来越遥远！

喇叭花

从睡梦中醒来，只因为听到了喇叭的鸣响。

窗台上，那是一列峻嶒的山岭。绿色占据了所有的空间，晨风送来百鸟的伴奏。

喇叭花，排排站在山头，昂首吹奏清新的时光。

银杏叶黄

在高处，与秋风谈判得太久，我已不想再计较什么。

在银装素裹的季节，谁还在乎骄阳下的胜负？

抓住一缕寒风滑入深冬的睡梦，我只想听取第一声新春的蛙鸣。

清秋

深秋清瘦。狗尾草在荻花的火焰里睡去。

蛩音凝缩，寒风制造残梦。丰满的春潇洒的夏，只做一片枯叶，悬于睡去的枝头。

暮色里，板桥衰草，瘦马背影，装饰了天涯。

晚霞

我一直都在埋头赶路。从来没有在乎过一路的水色山光。

我的内心，只有一抹红霞！在与孤鹜齐飞的意境里回归古典的节拍，听一曲洞箫在暮色苍茫的水之湄响起。

好多梦熄灭了。好多影子隐进了远钟的平仄。我安睡在晚霞里。

聆听秋声

这个季节必须和古典站在一起。必须在绝句的平仄间盛满一叶梧桐秋风，在婉约词赋的意境里滴落一夜芭蕉雨。

窗下寒蛩在凌晨的碎梦中抖落一地白霜。寒露节近在咫尺。

石榴树上的鹧鸪告诉我——在霜降时去看乱石穿空，唱大江东去。

桂花香

酷夏从绿荫中渐隐。山泉从清澈的倒影中看见了秋的模样。

枫叶未红。荻花未放。是谁，在黉夜里布下了迷人的幽香？

从清露中醒来，与白鹇鸽合唱。一杯桂花酒，醉倒了玉兔、嫦娥和吴刚。

正午

运渣车，像被人发现了的小偷，从窗外狂奔而过。那时，树阴下的茶盏早已淡去。

无所不晓的成都人，用翻皱了的报纸盖了无所事事的睡梦，只让一丝涎水联系现实。

在沉静下来的瞬间，收破烂的三轮车叫喊着一句经典病句，从蔫蔫的小街悠悠而过。

行走野山

1

在无垠的苍茫中，我们被野性俘获；我们放出沉睡已久的渴望，在清溪中裸浴在孤崖边挑逗凉风。

时光被压缩，然后又膨胀。蝉声如刺，熟透的盛夏汁水流淌。

走过千山万水，不为猎奇。一声蛙鸣，便是故乡。

2

一场梦被唤醒。另一场梦便已启程。

初绽的花坐在昨日的晚霞里，投射在今晨的雨雾中，灿烂炫目。

雨，说下就下。山洪突来。我梦，灿然如夏花。

3

很多往事在奔跑中复活。很多往事在奔跑中死去。

山与水都是别人的。谢谢借道与我，邂逅一抹秀色。

山的深处更深处不是终点而是远方，那该多好！

4

游人如织，我在独行。

看见一场泥石流在蟠龙谷酝酿，却终止于熄灭的渴望。

不想归去！不想归去！

遥远的晨昏

挑水的父亲从院坝里走过，地上写下一路水痕。

那些清晨或者傍晚，沉默的父亲，总是用一根扁担挑两只旧木桶去芭蕉树下的井里打捞一家的生活。

母亲，正坐在灶前。我家的屋顶，炊烟袅袅。

这样的时刻，我或许正捧着一本课本坐在屋檐下的青石上清脆地朗读，或许正牵着牛儿站在祖父的坟旁眺望远山的烟霞。

麻雀和燕子在忙乱地飞。画眉鸟在竹林中肆意喧闹。

寂寞的少年，既听不到晨钟，也听不到暮鼓。时光在父亲留下的水痕里，悄悄地延伸。

我的妹妹，也在母亲燃起的炊烟里，慢慢长大！

傍晚，母亲点燃了那盏煤油灯

父亲把一身疲惫与锄头一同挂在墙缝上。叶子烟的火星洞穿了土屋的黑。

母亲将山一样高的红苕藤从背上卸下，在墙角跌落一声沉闷的重。

秋蚊子在朦胧中四面出击。花狗坐在门口一脸无聊，对那些走过面前的瞎子鸡视而不见。

猪仔们，早已开始在圈里扑腾，尖锥锥地叫喊。

一只蟋蟀在檐边的石缝中牵出了尖细悠长的声线，如勒在我神经上的钢丝。

我坐在木门槛上，被寂寞笼罩。

我呻吟般叫了一声母亲。

黑暗里，母亲没有理我。突然，一点亮光亲吻了墙板上那枚灯芯。

被温暖的煤油灯摇曳着光影，拉出两粒鲜红的灯花如鹿角一般。

我过去，傻傻地要拨掉它。

别乔，出灯花有喜事。母亲说。

说这话时，母亲已在昏暗中挥刀砍着猪食。

我一直不懂，母亲在盼着什么喜事。

听北窗外蟋蟀的歌吟

细碎而又清晰，敏感而又固执。

紧跟着寒风的脚步，在梦里梦外，不知疲倦地弹奏着清瘦而孤独的筝。

那细如秋林间的流泉的旋律，反射着稀疏的叶缝里纯净的阳光。一只熟悉而无名的昆虫扇动着透明的羽翼，将一缕缕轻盈的雾霭流淌成一线落叶满径的静穆。

孤独的歌手，将乡村暮秋的路旁挂满欲坠不坠的清露。牛蹄印里，无名的跳虫，仰望漫天的珠圆玉润，做着飞翔林间的大梦。

玎玎琮琮的弹奏，从母亲身边的柴堆里发出。天已尽黑，坐在灶前烧火做饭的母亲，共鸣着细细的清唱，烧好一顿清贫的生活。

而今，那歌声是父母坟头的守护神，清唱在山野，在四季的风中婉转悠扬。

草茂了，枯了；西风渐起，雪压了。草根下石块下，那歌声如不绝的春汛应时而起。

我的脚步越来越远，而乡下蟋蟀的歌唱如影随形。

在清寂的乡间，夜色从幽深的谷底升起，而蟋蟀的轻吟早已在窗外竹林的阴中奏鸣。

月亮慢慢爬上来，露水悄悄爬上来。梦，悄悄爬上来。

夜色深了。一豆孤灯在木窗里，寂寞地跳跃，照临那独奏的乐队。它是这场演奏唯一而深情的听众！

送葬

锣鼓声在乡间夏夜的黑暗里回荡。

螺号的呜咽将沉闷洞穿,诵经声打乱了此起彼伏的蛙鸣。

在晃动的灯影下,披麻戴孝的一群,跪伏在亡灵前,听一个法师念祭文。装腔作势的哭腔,也让在场的心灵变得柔软。

四个赶早的妇人,在晃动的人堆后用手绢或者草纸掩面哭歌。简单的旋律将凄厉的哀伤嵌入每个人的骨髓。

火把点燃了。八个男人轻轻地抬起了丧轿。

那一瞬间,一个人几十年的时光,仿佛一片轻飘飘的纸屑,在幽微的夜风里开始飘荡。

在漆黑的乡间田埂上,缓缓游出了一条人影的长龙。一条火把的长龙。一条如乡土般笨拙而朴素的锣鼓声和唢呐声的长龙。

火光之外,该寂静的乡村还在寂静。公鸡,也还没到第二遍打鸣的时分。

墓穴是早已掘好的。那里已在法师的神秘的慧眼中为亡灵的子孙们预定了未来的幸福和吉祥。

一切都在预定的时刻下进行。

盖棺的时候也必然会有撕心裂肺的哭声。然后是帮忙者争先恐后的忙乱,用泥土掩掉泪水、哭声、不舍的眼光和迟疑的脚步,还有那轻飘飘的几十年光阴。

"亲戚或余悲,他人亦已歌。死去何所道?托体同山阿。"

陶潜的箴言,我们不得不信。

清晨,阳光初绽。我们在凉风中告别主人,心中已灌满了山中的清凉。

回望那山坳中的白色花圈,看见一群轻盈的白鹭在飞翔!

它的俗名儿叫撑花儿

这是一朵绽放在民间的花儿。

在阳光下，在细雨中，一个叫"撑"的动词，让紧闭的花蕾带着温婉的儿化音，瞬间绽放成异样的风景。

竹丝的骨架，棉纸的霓裳。在桐油里获取精魂，婉约的折叠隐藏着倚门回首般的羞涩或者登高远眺的欲望。

为雨而生。也为阳光而生。漫长的日月，在古典的晨昏中，多少幸福和苦难都被它诗意成了平平仄仄的传说。

它总是伴着梦幻般的江南烟雨，或者被飘飞的柳丝扰动的阳光。

在一幅或浓或淡的水墨画中绽放，将一个个或近或远的典故洇开，叠成古香古色的宣纸画笺。

在西子湖的断桥上，在江南小镇的一条无名的雨巷中。幸福的邂逅或者忧郁的独行，要是没有那朵花儿的绽放，谁会执迷于那如梦如幻的黄昏！

青石板。黄葛树。长亭古道。僻巷长街。有多少悲欢离合，有多少毅然远行，就有多少花儿在亲人惜别的目光中撑开。

我更执迷于这样的情景——在雨丝筛下的瞬间百花齐放，在烈日敛去的瞬间万花闭合。

我更执迷于这样的情节——一条河，数墩石，雾缭绕，一朵撑开的花儿，从我的视野里凌波而来。

我更执迷于这样的故事——一个穿着长衫的男子，手握一朵未放的花儿，听说他要去安源。

这是一朵诗意的花儿，它只绽放在怀旧的民间。

我固执地不愿意叫它——伞！

遥望一座平凡的村庄

有树。有水。有巉岩。有屋顶。
有鸡鸣狗吠。有鸟语花香。
关键是——要有袅袅直上的炊烟!

有牛栏里的轻哞透过竹的阴影。有井旁的石栏杆停伫乡野的苍茫。
有房前屋后的青青菜园。有花花绿绿的草人站在风中守望时光。
关键是——要有母亲的身影在村口凝望!

每一座村庄都是我们出发的起点。
而现在,每一座村庄都成了遥不可及的远方!

我们总在城市里歌唱着田园

因了一种迫不及待的逃离，我们便有了故乡。

那些飘在头顶的云雾和鸟的弧线，成了我们诗歌赶不走的意象。

挣脱母亲的手，将亲人的视线拉得越来越长越来越细，直至在苍茫中悄然断裂。

我们的梦中，便多了狗吠的深巷和鸡鸣的桑树巅。

我们总是在城市里歌唱着遥远的田园。

雾霾阻隔了远山。喧嚣隐藏了鸟鸣。疲惫滞涩了家书的笔墨。

故乡，这个词语开始在时间的缝隙里长出顽强的芽。二十四节气的农谚，却在不断的回味中消磨了记忆。

但是无论如何，故乡总是可以安放我们乡思的家园。

而今，我遥远的故乡也成了别人歌唱田园的城市。

我们曾经兴冲冲地逃离，竟堕落为不可复返的遗弃。

流浪的乡梦，向何处去寻找母亲茫然的凝望？

远去的故乡

故乡的距离，这个古老的话题，谁清楚地掂过它的分量？

在洛杉矶那条洋气十足的大道旁的公寓里，一轮十五的圆月从橄榄树的梢头升起的时候，我清晰地听见了一只蟋蟀悠扬的歌吟。

那一夜，远去的母亲也留下了回首的背影。

陌生的土地上，梦里满是秋霜轻覆的牛蹄印和悬挂着露珠的铁链草。

透过大洋浩淼的烟波，能看见老屋旁翠鸟刺破清波的池塘。

距离越远，故乡越近。

而今，我守候在并不遥远的他乡。

乡村的故事，却在迟疑的笔尖变成了越来越枯涩的风声。

檐边滴雨失落在闹市的尽头。葳蕤的童年记忆日渐荒芜。

母亲挂在山墙上的背篓，已经漏掉了最后一缕纺织娘的歌声。

父亲的犁铧无声地锈蚀成了一弯凄寒的残月。

屋后的核桃树在岁月里老去。竹林里再也不见妹妹寻找柴禾的身影。

曾经，那些千山万水的萦怀乡梦，被一条笔直的高速路瓦解。

再言说故乡，恐怕连一只青蛙都会嘲笑我的矫情。

走一趟陌生的街

江南烟雨我不陌生。油纸伞飘过的江南雨巷我不陌生。

青石板。木板墙。青瓦顶。时光流淌，总会在穿街而过的风中留下印迹。

那些婉约的时光略带忧郁。

木格窗边闭目静坐的老妪，昔日的艳丽新娘，让屋顶的炊烟成为定格的风景，让青石板上湿漉漉的水痕无数次干涸成遥远的记忆。

所有的脚步都在流浪，所有的街巷都隐入遥望的远方。

你说，那呢喃的燕语可是你童年时的歌唱？

不用说陌生的远方，故乡才是陌生的回望。

土墙缝间那只蟋蟀，从《诗经》里蹀出，阅尽沧桑。铮琮的弦响，飞过原野和群山，飞过海峡和重洋。

远方的乡梦，是老街白发渐染的跂望。

季节一次次抽芽又枯萎。故乡的年轮密密匝匝已无法清点。

邻居家扎着羊角辫的姑娘，变成了缥缈点缀着乡愁的意象——

她就是村里的小芳！

陌生的街不在远方，在我们的心上。

陌生的脚步不是远客，是游子的彷徨。

陌生的红灯笼不是照亮现实，而是温暖记忆。

油纸伞下虚幻的步履，正隐约着杜鹃深情的啼唱。

小暑节， 我说说雨

雨声淋漓，从电视里一直淌到窗外。
躲进小楼成一统，我毫发未湿，也不用担心打湿午睡的浅梦。

千山泥泞。江湖波诡云谲。
横冲直撞的水的队伍，既要攻城略地也会打家劫舍。

这劫难如期而至。
望见了烽火的脚步，却迟疑在安土重迁的情怀里，眼睁睁让劫
匪利刃的寒光淌过额头。

一些哀号化为悲剧。一些牺牲化为壮举。
等待那一片浑浊的汪洋归于大海，会在某个宁静的秋日增修一
页盛世史。

一些人坐在水边，想方设法要做一个影响百年的巨人。
一些人泡在水里，绝望地寻找故土那一片坚实的泥土。

雨声轰响。江湖激荡。
我的一杯下午茶，竟荡漾起滚滚波涛。

夏日听雨

长夏的午后，竹影摇曳的慵倦，让仕女的情怀从屏风上缓缓而下。

风住了。雨声并没有预料中的豪放。

在这个仍然燠热的时辰，芭蕉叶固执地唱着深情的婉约词。

一叶叶，一声声。向晚的深巷，孤伞，独行。

一杯茶，淡了。一怀幽思，沉了。

一蓑烟雨，那是远山之外的故乡。

从山野归来的父亲，满怀泥泞的心事。

山洪隐隐的震雷从后山传过来。一星叶子烟的亮光在忧郁里明灭。

老水牛，站在没膝的泥水里反刍。

雨雾中的山乡，稻穗半黄。

决堤了。

惊恐漫过原野。树梢在激流中摇晃。

灾难消解在英雄产生的傍晚。

电视里满屏漩涡。一滴雨可以稀释一声叹息。

从南到北，雨声一会儿是哭一会儿是笑。

窗前的身影，回到了屏风里。

城市里的脚手架

在城市拥塞的楼群之间顽强地往天空生长，如同原始森林中的藤蔓，在与一切高度纠缠之后获得了自己的高度。

为了别人的高度而高。当别人傲然而立之后，便悄然缩身隐进暗处。

在这无际的森林里，鸟鸣被欲望驱赶，风雨滋润着肥腻的梦想。

那些支撑财富身躯的骨骼，在分娩财富之后，被弃之如敝屣。

帮别人向天空索取高度。

那些攀上高处的眼睛，总会追随候鸟穿越千山万水寻找低处的故乡。

寻找远方不舍的问询和风中幽幽的叹息。

无数次抵达城市的高处，却总没有一片可以安置自己梦想的位置。

凌空的身影浮在喧嚣之上，长不出飞翔的翅膀。

当夜幕降临，霓虹隐去的时候，所有拼命搭建的高度都化成了沉沉的夜雾，消散在无数空洞的呓语中。

一杯陈酿点燃一怀忧伤

这是冰冷的水，却分明是火焰。

这是液态的物质，却分明是抽象的情绪。

在欢愉中轻快地拥抱，或者在疼痛中犹豫地亲吻，穿过迷离的梦境，谁曾看见过阳光下满地的鲜花？

一杯陈酿静置的时光，下定决心做永恒的沉默。

命运之手揭开了盖子，青烟化成的恶魔，绝不会跟你玩选择命运机会的游戏。

欢笑和泪水都化成忧伤，远去的影子像成群的蝙蝠，扇动翅膀盖过你黄昏中的迷茫。

歌声是变调的喘息，呢喃是失魂的呓语。

那一线流淌的地火，将烟草和废话燎成灰烬。有些遗忘趁机觉醒，有些清醒却望风而逃。

任何一种朴拙的容器都可以被当作夜光杯，只要里面盛着魔幻的蓝色火焰。

那阴郁的火焰，定会在空间里传递久未抵达的家书，定会在时间里复活久已消失的绝响。

一杯陈酿，让所有的人哲学得多愁善感。举起，又放下，复举起……多像我们的人生！

即使是独酌，也对影成三人！

那三个人，都是谁呢？

举一支火把穿过故乡的冬夜

风声并没有变调。凝固的冷夜冻结了远远近近的犬吠，和梦中的情形也没有两样。

丘陵的起伏都藏在黑暗里，回乡之路就直了。

一支火把温暖不了归心，在有限的亮光里，有无数熟悉而又陌生的影子在急速奔跑和躲闪。

被夜合围，我不企盼望见站在岭畔上伫望的身影，甚至一并忘却在炊烟里飞翔的鸟儿的歌声。

在这个寂然的冬夜，混沌的冬夜，故乡冻成了一粒孤独的星子。

石板路退去。泥土路退去。扑面而来的所有遥远的记忆都在退去。

火把将风起云涌的黑烧了个小小的洞，直达故乡的深处。

脚步精确地抵达光滑的井栏和篱落。那摇晃不已的小小光明，在冬夜的乡土上亲近一片寒水，亲近一枝枯树。

土屋窗缝里透出的呓语，与农事无关。鸡鸣已经睡去，牛蹄印躲进夜色。

在黑里，故乡是完整的。在火把的微光里，那棵熟悉的苦楝树却陌生着由远及近的跫音。

火把只认识我文字里的故乡。

冷寂的冬夜，并不适合做归期。

在晃动不已的光影里，所有关于故乡的诗句都瑟缩进了线装书的插页中。

火把熄灭，鸡鸣初起。

黎明时的乡土竟成了他乡！

异乡的黄昏

那群远道而来的人坐在路边的尘土里，用纸烟燃烧着蓉城的黄昏。

烈日刚刚隐退。数不清的飞虫在腥咸的热风里狂欢。向川西高原逶迤而去的车流汹涌不息，没有一只车轮会为了这群散乱的身影稍作停留。

他们的故事被打包扔在路边。他们用眼睛搜寻方向，而四面八方正被黯淡下来的暮色缓缓笼罩。

那些火星在黑影中，窒息了又醒来，醒来了又窒息。

乡音开始打盹儿。偶有一声轻微的叹息，在无聊的空气里蠕蠕爬行。

他们揣着欲望在异乡的黄昏中等待，不知是等待归途还是更远的远方。

在异乡的黄昏里，他们也会突然想起那些与狗尾草相关的人和事。在一个个路口分手，消失在时光里的那些温情也偶尔会循迹而来，陪伴这黄昏中的寂寞。

习惯于奔走也习惯于等待。习惯于阳光下的迷离也习惯于黑暗中的冥想。

匆匆而过的脚步既不值得警惕也不值得信赖。

在越来越燠热沉重的黑里，一群远道而来的人安安静静。

远处塔吊上，一盏灯固执地与黑夜默默对坐！

时光在这里打了个结

北风从窗外掠过。月又开始亏了。

蟋蟀收走最后一声叹息。萧瑟的田野，从故乡的尾音里悄然出走，频来入梦。

时光给了我一刻的停留，把这个藏在农历里的日子，打一个结记住母亲。

做一朵云随风而飘，做一滴水随溪而淌。做一声童谣在梦里清唱，迢遥咫尺。

在生命之途，没人会驻足看你，除了母亲。

在无尽的奔走中，或亢奋或低落，错过无数既定的山头，也在无数偶遇中长睡不醒。

一篇流水账，线索藏在血液里。在这里，时光打了个结，形散神聚。

每一个回望都怕与母亲相互走失。

把时光打个结，记住疼痛，记住欢悦，记住一切眼泪和笑声，记住原乡久伫的身影，记住炊烟里飘飞的白发。

记住我的来路，虽然已无归途。

从前、从前……

从前、从前……
时光出卖了青春。这是黄昏的口头禅。

从前是霞光，是露水，是蛙鸣和蝉声。阳光在地上流淌。白云在雁翅上飞翔。秃山随意着绿，燕子轻捷剪破故园的晨昏。山坳上的呼唤，叫作童年。为未来制造回溯的依据。
野草。井栏。炊烟。牛蹄印。
褴褛。乳名。赤足。拐枣树。
时光词典里，这些词条，都叫——从前。

所有无可挽回的爱与恨，被岁月风干。从干瘪的书包到孤独的行囊，从妈妈到娘的称谓变化中，化为破碎的梦境。一切际遇都忍不住回头，而欲望总在远方。远方是独行客的他乡，所有的追逐都在风中。风的背后，藏着黄昏。黄昏挡在路的尽头。篱笆上隐约着深秋瘦弱的牵牛花。
蟋蟀绝唱。最后一颗酸枣悄然跌落。我听到了山坳的呼唤。
那是黄昏的呓语——从前、从前……

薄荷， 移植到楼顶的童年记忆

在故乡，它临水而生，自由狂野，且不排斥任何别的生命。

它并不强行挤入农作物的地盘，安于田边地头，兴高采烈地与乡风与阳光嬉戏。

凭借丰富的根茎，从不愁生活艰难。只求快活生长，从无额外的奢望。

那种清冽的幽香，让炊烟迷醉，让蛙鸣迷醉，让鸡犬的对唱迷醉，让故乡的夏日酷热总能接纳从竹林里透来的清凉。

酷热童年与茶无关，更与咖啡无关。烧一壶井水，与一束薄荷亲密对坐，我们的夏日便有了讲不完的乡土故事。

移植一株来自故乡的薄荷在我的楼顶。

它在异乡的阳光和风中摇曳，我便看见了竹林下母亲的身影，听见了水井旁菖蒲草中蟋蟀的歌声。

四

北窗浅唱

拣拾阳光

孤独的歌者

1

密密的草丛。潮湿的洼地。盈盈的水间。摇动的枝头。

青蛙，一个静若止水的身影，常常对别的事物视而不见，也被别的眼睛视而不见；而有时，以一个闪电般的动作完成一次偷猎。

这个本分而又狡猾，笨拙而又灵巧，最喜欢伪装而又永远被别人袭击的家伙，喜欢在百无聊赖时孤独地歌吟。

2

青蛙——这两个带着泥土气息的汉字，总是与蛇的大嘴联系在一起，总是与鹰的利爪联系在一起，总是与饕餮的餐桌和刀叉联系在一起。

就像人们边讲述着好人的悲剧边享受着好人带来的好处时一样，青蛙，作为一种"益虫"常常被白厉厉的牙齿撕扯，和着你满肚子的歌声一起消失在某一个黑暗的角落。

3

不像飞鸟自由，也不如游鱼灵动。

青蛙啊，长久的静坐难道是你的天性？长久静坐在阴暗潮湿之处，也没见你那双小眼发光，倒是听说过你患着严重的风湿病。

但是啊，你到底在守候什么？

我之所以这样问，是因为我实在不信你只是为了那几只飞虫。

4

月光穿透夜幕时，你长出了梦的翅膀。翅膀穿过黑暗时，你有了如炬的目光。

当阑珊的灯火再阑珊，当隐约的喧嚣渐渐隐去，你才追赶着夜的冷色调踱出前台。

鼓着一肚子的勇气，试探着叫喊一声。

但是，远远的一颗滑过天边的流星，让你惊骇并困惑良久。

5

从二月的一个料峭的深夜，到九月的一个凛冽的清晨。

青蛙，你的变调的歌声总是在窗外飞扬。那歌声早已嵌入我灵魂的岩石，并迸出火花，点燃我梦中激情的种子，融化我那挥之不去的悲凉。

可是，有谁激情着你的激情？有谁悲凉着你的悲凉？

6

当夜被无数的梦编织成罗网，你就在罗网之中艰难地歌吟。

只有你的歌声才能超越一切。

你站在红尘之中，絮絮叨叨地讲述那一个悲切的爱情故事。

红尘之外，可有一个不眠的听者推开隔世的窗，被你的歌声感动得热泪盈眶？

7

毫无诗意的荒草掩盖每一个无聊的日子，毫无节制的风雨浸润每一个无聊的日子。

你的日子就这样悄然流淌如那默默的溪水。

当一盏渔火将旷野的夜点燃，你的歌声便成了夜的奏鸣。如豆的歌声跳跃在无眠者的枕边，那可是安慰者手中不灭的灯盏？

8

无意与飞鸟对话，飞鸟不是你眼中的风景。一切信息来自风与水的流淌，阳光与夜的交流。

呱呱的歌唱，也并不优美。

但，你是风与水的一部分，你是阳光与夜的一部分。

孤独的歌者，你孤独在风与水之中，你孤独在阳光与夜之中。

9

冷却血液是为了长久的守望吗？

强健双腿是为了偶尔的腾跃吗？

那么，萎缩双手又是为了什么呢？

那些回荡在旷野被空气冷却了的歌声，如夜半的雨，或使人寒冷，或使人清凉。

而你自己感觉怎样？

10

孤独地，从诗经唱到唐诗宋词，从民间唱到宫闱亭阁。

那歌声也常常在传统的宣纸上飞扬。是梦呓？还是预言？

你端坐如佛，目光凝定。是深邃？还是肤浅？

当你的歌声从宁静的田野飘浮而起的时候，有个伟人听懂了一句；而我——一个平凡人，或许倒能全部听懂。

如火如荼的野黄菊

记忆在黄昏中彳亍

记忆总是彳亍在一个静寂的黄昏。

云已飘过山的那一边，鸟在黄昏的静寂中哑然失语。

我骑着一匹黑色而忧郁的马。目的和目标——我不知道，马也不知道。

晚风飘木叶。碎裂的石板小路。湿润着忧郁的暮色。

我的马儿说，它有很多美丽的记忆种在一个静寂的黄昏。它又说，因为我，这一切便早已不在。

在暮色渐浓的黄昏中，让我苍凉的情绪把我当作了驯服的坐骑。

金黄色的火焰

在暮色渐浓的黄昏中，一星黄色的火苗在路边闪烁。马儿的嘶鸣让沉寂的山野哗啦啦落满黄昏破裂的碎片。

我的面前腾起了熊熊的金黄色的火焰。

风，并没有吹拂。雨，并没有飘飞。金黄色的火焰，只有它，在静静地熊熊燃烧。

在惊悚中，我感到有无数匹各色的野马在心中的原野上轰隆隆奔驰而过，又分明看到了它们从我的胸腔进出，跃进了那熊熊的黄色火焰之中。

如火如荼的野黄菊啊

如火如荼的野黄菊啊！

多少深刻而又悠远的意境正在这旷野中排演！多少似曾相识的身影正在这旷野中流连！

这一朵朵早已古典成了诗句的小花，是谁召集了你们在这里聚会？

一支支小小的火把一齐点燃。我的阴郁的视野里跳动着狂舞的精灵。

无声的呐喊，自由的狂舞。

铺天盖地。如火如荼！

那些似曾相识的身影

我打马驰骋在火焰熊熊的旷野。

苦苦寻觅了很久的那些关于秋天的诗句，我知道它们已在我纵情的驰骋中丢失。它们像一些黯淡的珠子从我的破旧的衣袋中纷纷跳落，跳落在火焰中默默地燃成了灰烬。

有人勒住了我的马缰。

一个人长髯飘逸，手执一杯菊花酒，高声吟哦——采菊东篱下，悠然见南山……

一个人魁梧剽悍，手握一把英雄剑，大声喊叫——他年我若为青帝，报与桃花一处开……

后面还站着好多好多似曾相识的身影。

我欣然下马，站在队列的最后。与他们一起穿过黄色的火焰，虔诚地祈祷

——请秋的旷野也赐予我关于菊花的诗篇。

子夜呓语

蜘蛛的表演

记得有好一阵，我一直都沉溺在对这场滑稽表演的欣赏中。

那只女性的蜘蛛，一直在那台落地扇的光滑柱子上卖弄风骚。

嗖嗖嗖，她麻利地爬了上去，然后倏地自由落体。

嗖嗖嗖，又上去了，然后又落下。

……

她攀到顶点的时候，会乜斜着媚眼看我。我知道她在等待我的掌声。

你以为你是钢管舞女郎吗？我轻蔑地说。

她这次攀到了一个新的高度，凝固了一个新的姿势。突然玉腿一松，呼的一声跃下地板。

在下落的过程中，飘过来一句话：

可怜的东西！

窗外的冷风

像一窝被关在了门外的小狗，冬夜的寒风，无数次地把它们无形的细腿伸进我的窗缝里来。或许是被夹疼了，偶尔也会缩回去。

那一群可怜的嫉妒者，正愤怒地觊觎着我温热的被窝，和我正拥着的酣梦。

它们在玻璃外面打架，啪啪地拍打窗户，凄厉地尖叫，乱毛在想象中一团团地飞舞。

我忧心忡忡。

提防着被那些危险的家伙侵略。冰冷的脚尖已经碰触到了那些野狗的冷腚。

我只有假装沉睡。用鼾声巩固阵地。搬一个梦守在枕边，为我吓唬那些虎视眈眈的夜影。

凝望书柜

那些端坐在格子上的一本正经的身影，被我凝望的时候，却突然没有了我以前感觉到的悲悯的神情。

它们挤挤挨挨，或者互相倚叠，竟全是一副吊儿郎当的模样。

醉意的眼神，或者惺忪的眼神——从那些被叫作文学的一沓沓或薄或厚的纸堆上泅出来，竟像飘来毛毛般的冷雨。我感到背脊发凉。

很多双眼睛在书柜玻璃门里面看我。有的眯缝着，有的在放光，有的像死鱼眼睛。它们都很忧郁。

我揉了揉自己的眼睛，告诉自己要卑微地仰视它们。

可当我再次睁眼的时候，发现整个书柜都隐进了黑暗的角落里。

隆隆而过的车声

总是用最粗暴的吼声阻止我踱向睡梦的脚步。那个庞然大物，从我半睡半醒的交界处硬生生地闯过去。

巨大的影子，覆盖了黑夜。一个莽撞的夜行者，在黑夜的荒原上肆无忌惮。

穿越黑暗的灯光，左一晃右一晃，像个把小便当儿戏的醉汉，用喷射的尿液在黑暗的底色上抒情。

那是运渣车。白日里被厌恶的眼光层层阻挡，它总是要厚着脸皮躲闪而行。现在，它或许要发泄，或许是终于看到了毫无阻挡的路途。

它在暗夜里，开始疯狂裸奔！

时光， 悄然跨过门槛
——岁末杂感

1

是聪明还是愚蠢，我们，总爱在时光这根弦上忘情地狂欢？

时光之弦，被我们随意地打结。我们竟愚妄地称之为起点或者终点。

在这些起点或者终点，我们快乐或者疼痛。快乐时我们希望时光漫长，起点会暗示我们将有无尽的欢笑；疼痛时我们希望时光短暂，终点便会让所有的泪水和哭泣一笔勾销。

聪明或者愚蠢的我们，真的以为时光是我们捏在手中的胶泥，可以随心赋形吗？

2

那隐身的君子，他永远在不停地奔走，没有起点，也没有终点。

他不曾招惹任何生命，就像从你的梦的深处悄然飘过的一缕浮云，并不曾降落于你的梦境也不曾在你的梦境中投下影子。

而时光，他竟是我们所有生命的襁褓或者睡床。我们被温暖着被呵护着，襁褓和睡床却并不需要生命对他给予感激。就像熟睡中的婴孩沐浴母爱的阳光。

我们感激时光给予我们一切。其实，时光什么都不需要。

3

或许因为生命短暂，我们才把时光划成小小的片段，就像年少时手中仅有的一颗糖，一小口一小口地品尝。

或许我们对自己的生命总是有着无尽的遗憾，于是就把伤感的眼泪滴落于时光的弦索，希望能聆听到些许慰藉的轻吟。

我们总想把这无形的精灵挽住，总想看清楚时光的面容。

广场上高耸的钟楼或者家中墙头挂钟的嘀嗒，只是人们自作聪明的杰作。

4

时光在不息地奔走。

我们在时光之途架了无数道门槛。时光跨过一道道门槛无声无息。我们匍匐在时光之途，守候着这个精灵的身影的出现。

指针，在黑暗中被时光踩痛，于是叫喊。

这个时候，心里会突然堆积起许多东西，也有许多东西轰然垮塌甚至消散……在这个结点，我们才会想起总结或者计划什么。

其实，每一刻都是转折，我们为什么要规定呻吟的时间？

4 · 20：　断裂的哀歌

4 · 20

刚坐在书桌前。

几秒钟的摇晃，我们便再也忘不掉"雅安""芦山""宝兴"这些隐藏在青藏高原东边崇山峻岭里的名字。

咔嚓咔嚓，隐隐的裂纹，从神经开始疯狂蔓延，在平原上四处奔突，穿过城市和河流，穿过鸡鸣狗吠的村庄。

重新被激活的 5 · 12 的记忆，猛然堵塞了绝望的窗口。

之前，我们记住了"汶川"、"北川"和"青川"——这些山野清纯的女子，本是养在深闺人未识。

4 · 20，让我们再次为一群落难的女子哭泣。

这些山野的女子，如果一定要撕裂大地才能一睹你的容颜，我宁愿和你永不相见。

破碎的高原

晃动不已的，无尽的时空。

在烟尘里，撕裂，坍塌，滚落。哭声和叹息，梦境和呓语。

在暮春艳丽的日光下，布谷鸟停止了歌唱。杜宇声声，从川西平原，缓缓飘向高原的褶皱，布下淅淅沥沥的夜雨。

一次次的遥望，我们不得不一次次的让泪水迷蒙双眼。

一次次的祈祷，我们不得不一次次的让灵魂感受颤动。

流淌不息的蛙鼓在一次次的颤动中戛然而息。夏雨的狂暴提前到来。

高原，破碎的高原，泥石流肆虐的高原，终将在时光的低处静止。

哭声、祈祷、铺天盖地的口号和所有的善良与邪恶，沉于深壑，等待下一个未知的轮回。

破碎的高原，花香走远。

混沌的苍茫，在又一次忙乱之后，高悬一声叹息！

看望猪坚强

春潮泛滥的成都平原，在又一次大地的颤动之后，暂时沉寂。

在建川博物馆的一隅，你摊开一身富贵和雍容如那坦腹东床的才子，沉沉酣睡，全不在乎敬仰者新奇的问候。

烟尘早已散去。喧嚣早已散去。你的梦中是否还存有 5·12 的黑白影像？

从日光里踱出的阴影，从阴影中探身而出的魅影。

山野的清新，在漫长的梦魇中腐化成死亡的气息。

一段绝望的隔离，你用本能的坚强赢得了而今这场坦然的酣睡。

你是否还记得那个隔离得更久的猪刚强？你是否还怀念故乡山野里初蝉的歌声？

你卧榻旁，有一辆变形的汽车，我还隐隐听得"咔嚓咔嚓"——金属在断裂。

在地震馆

孤零零地站在大厅里，我接受着来自四面八方的轰鸣，和一切可见的与不可见的，一起撕裂。

漫空的烟尘在回忆中腾起，瞬间迷蒙了我的双眼。

炊烟断裂。牧歌消散。布谷鸟的歌声埋进深壑。张大的嘴和惊恐的眼。扭曲的身躯。一只从废墟里伸向空中的孤掌。

我知道这些只是一种"复原"，我知道这只是虚拟的灾难。

但是，我已迷乱于这虚拟——是已经沉落的 5·12 的正午，还是正在坍塌的 4·20 的清晨？

眼前满是散落的碎片。我久久无法从回忆中的山脉回到春光明媚的平原。

关于夜的抒情

夜啤

占有一个"夜"字，便无法拒绝暧昧，无法拒绝冒险，或者叫作犯傻犯横犯贱。

夜，是干柴。

一个"啤"字，那是在冰冷的泡沫里埋藏的火焰。

当夜趋于混沌，谁还分得清是一个指头还是两个指头？谁还分得清东南西北和来时的路途？

甘心放逐于街头，在陌生的氛围里追寻熟悉的记忆，在凌乱的脚步中探试虚浮的影子。

哲学的物质都穿肠而过，只留下一堆开始燃烧的故事。

像夜风一样，在城市的阴影中飘荡。午夜生动了另一种繁华。

霓虹灯渐渐暗去。还有多少双醉意朦胧的脚在寻找黎明？

冬至之夜

冲刺到最后一刻，仍然无法穿透时光的幔帐。

夜，掀开宽大的袍子阻拦欲望的跨越。

稀疏的灯火早已在寒冷中寂灭。

无名之河，在未知的黑暗里低低哼着忧伤的夜歌。

星光被挡在梦外，城池在远方静坐，戍角在唐诗中悲吟。

雪花躲在寂静之外，悄悄融化着坚硬的夜色。

衔枚疾走的偷袭者，正接近目标，反被目标吞没。

划过空中的利刃，寒光成墨。

所有道义的呼声在子夜的山坳冰冻成石。

如琥珀一般的梦，透明着墨黑的子夜。

所有敢于夜行的脚步都定格为欲望的罪证，匍匐在冗长无际的泥泞中望穿双眼。

风的刃尖折断，叹息不敢爬出胸腔。

史书上，一行行智者们的警语，颤抖地蜷缩在插页里。

明知这是最后的抵抗，谁敢用侥幸的耳语，去惊动打盹的神灵？

这是万年前就设定的阳谋。

所有穿越的企图都死在阴谋中。

听夜

风过林隙。

隔窗，听夜。

在这逼仄的一隅，我蜷缩了万年，沉默了万年。

无数烟火与鸟鸣如水一般流淌了一万年。

季节的轮回无迹可寻，所有的响动都是过客。

隔窗流淌的时光，磨成了细沙。

在那无际的黑里，不曾指望能打捞些什么。

可是夜，为我拦挡了一切，也为我迎来了一切。

这带着锯齿的黑，总在切割着白昼，将锯末化为星星化为月亮，在轻盈的沉落中再化为飘浮的萤火。

熄灭的沉入永寂。飞翔的，正与黑夜争吵和打斗。

我，睡与醒的搏斗，可曾让疾行的夜风有过片刻的驻足倾听？

奔向远方的叹息化为了欢歌。

摇晃的欲望燃烧在黑的深处。

渐弱的虫鸣，在回首的那一刹那留下一丝慰藉。

无际的夜，无际的黑，淹没所有来路和去路。

拂晓来临，岚烟渐起。

我已睡去！

深夜

然而，我并不厌倦那深夜的虫鸣。

这在深秋就已病入膏肓的歌者，竟固执地尾随一场梦境直达一个深冬的子夜。

被这细丝在黑色中反复穿插的迷阵，恰可做我躲过传说中的魅影的被子。如缕的弹唱，如铮淙流泉，从我的脚背缓缓淌过。

我还是挡不住窗外的诱惑。

一把巨大的刷子，在寂寞中涂抹浓黑的忧郁。檐边滴落的轻响被梧桐叶承接而放大。

一叠叠古典的琵琶，在泛黄的书页中埋葬，逃逸了几枚失魂落魄的音符。

夜色辽阔

飞鸟归巢。行者迷失于途程。

目标在遥远的梦中。暗云和微雨，夜风和虫鸣，织下千重藩篱。

未知的神，静坐于网的中心。

暮色辽阔，苍茫在渐渐合围的迷阵。

拥戴伟大的神，发号施令。这无主的黑，谁将是割据一方的诸侯？

喧嚣的背后，死寂才是的我的旷野。

黑暗的深处，无我便是无垠。

这个时辰，分解一些苦难和快乐，融化一些聒噪和无知，再综合掉一些清醒和理智。

即使只剩下一个小半的夜，也是时光的幸运。

在这之前，我已备好一切旅途所需的粮草。

虽然我错过了无数个可以出发的黄昏。

厉兵秣马，只等从云的深处黑的终极发来神秘的指令。

在闪电发出的瞬间，在狂飙猛起的瞬间，我独自出发，疾走。

在黎明来临之际，我只想沉睡在无人可以唤醒的梦境。

浓雾漫过颓墙

一

浓雾漫过颓墙，淹没了此起彼伏的叹息和诅咒。

那无限膨胀的苍茫，像蜈蚣一样，像蛇一样，像水一样爬过冷寂的傍晚。

像阴谋一样，衔枚疾走。

颓墙是残存的时光。衰草是季节置下的诱饵。

东风竟在远方逡巡。

二

那些游荡的乳白色，从世俗的烟火里剽窃隐私。

窗户里透出暧昧，小酒馆里拳声撞碎玻璃。

夜色被浓雾绑架，在颓墙上之上，找不到呼救的方向。

有冰冷滴落——不知是泪，还是血。

三

这拉起了千军万马的劫匪，打家劫舍。

占一段颓墙为王。

王座之下，蓝天白云和清风鸟鸣的梦境，窒息而死。

暗处有树的眼，有落叶的耳。

最后一丝蛩鸣被冻结在逃亡的姿势里。

四

颓墙成了雾的山寨。夜色成了雾的新娘。

被口罩捂住的嘴，能否做招安的说客？

三月的柏条河

醒来的河水

我必须从阳历的三月退回到农历的二月，这个古典的月份，在平仄中惊蛰，开出了粲然的微笑。

柏条河在灰暗的原野上冬眠。有风从川西高原的峡谷蹑足而来。

深冬的梦境拱破料峭的鸟鸣，远方的呼唤延展了奔跑的欲望。

越来越急速的脚步在原野里制造回声。

蜜蜂在一望无际的油菜花海里追赶一朵浪花的影子。

土地在冬眠中足孕

雪不一定会来。雨一定会来，风一定会来。

来，或者不来，丰腴的身体都要枕着冰冷的河水睡去。

收割了的秋天，顺手种下了春天的歌声。

在寂静的寒冬里沉沉睡去，不需要别的安慰，只要一声河水的絮语，还有几滴杜鹃的轻音。

在悠然的熟睡中，所有的花蕾已待字闺中，所有的绿色正列阵待发！

牛蹄印再也没有发芽

在两岸的泥土里，播种了三千年的牛蹄印，没有在春风化雨里发芽。

在遥远的时光里，青铜闪烁的幽光曾长久地照耀着农耕的犁铧，啼血的杜鹃总是伴奏着田园的牧歌，在清澈的柏条河的波浪里沉浮。

凝望远山的水牛，身影倒映在水中，在沉沉的雾霾里随一阵逡巡不定的喧嚣，回到了远古的传说中。

都市打望

立交桥

它挡住了人们的前程，规定了人们的未来。

连接着已知和未知，无望和希望。在这世俗的熙攘之间，凸起一虹生命的弧线，似在向过者昭示某种轮回。

茫然的向上攀升，攀升。最高处不许停留。失重的坠落，将茫然摔向城市的每个角落。

立交桥，城市里的过山车。最高处，浓雾弥漫，阳光一线。

一个背冲击钻的民工

在黄昏中站了很久。城市的灯火很遥远。他双眼迷蒙。

那把钻，被他背在背上，那是他抢占生活阵地的冲锋枪。钻头已经隐身，冲击钻在他的背上斜靠着，安静得像一个流着梦涎的婴孩。

这把钻，在这座坚固庞大的城堡上不知洞穿了多少个大大小小的孔。

不知何时才能洞穿他那越来越渺茫的希望。

卖土鸡蛋的女人

为了卖土鸡蛋，她穿得很土。

土鸡蛋，土鸡蛋！——她总是这样很老土地叫卖。

隔三岔五，她就出现在小区门口那个相同的位置上。蹲着，身边一个背篼，身前一只竹篓，装的全是鸡蛋。

老头老太路过，喜滋滋买了，感叹现在土鸡蛋实在难得，看她那样子应该是不假！

而只有我知道：那个女人是我老乡；那些土鸡蛋，全是河对岸

179

那个养鸡场的洋鸡们所造。

静园

在喧嚣的一隅，一列颓墙之后。

鱼腥草伏在地上反射着晶莹天光。几株迷路的柴胡入乡随俗，刚从迷糊中醒来，打算从此不再流浪。一群蚂蚁，早已在草丛里搭建起了简易的居所。

一只白蝴蝶翩翩飞翔，殷勤地为他们传递墙外的信息。

静园已被街市遗忘，却又担心被街市再次记起。

这座城

面对这座城，我总忍不住要想起某种“坑”。

摩肩接踵的追逐。被喧嚣吞噬的呐喊。一切都在沉浮。静止被狂奔挟裹，绝望被欲望引诱。茫然的脚步，在某种浓烈的气味里蹈着虚空。

在这个“坑”里，一切高雅都自以为是，一切蜕变都自命不凡。

最先踩着别的脊背拱出头来的，就嗡嗡地唱着赞歌，扇动着一双黑色翅翼贵族般地盘旋，意气风发。

楼顶那只灰鸽

这座城如此浩大，它竟固执地选定了对面那座矮楼。

每天，它孤独地出行，无数次消失在浩淼的烟波里。

一只流浪的鸟，高远的天空飞不去了。高楼太高，华宇森严，残败的羽翅已无法靠近霓虹的辉煌。

借一角屋檐为家，安顿自己的未来。

它早已忘记了来自哪里，但它记得，现在该回去的地方——每天傍晚，总有一位白须老者为它备好果腹的食粮。

在夜雨中闭目打坐

1

整个世界都湿透了。

风雨一次次将人间扶起又按下。浊流漫漶，悲欢离合来不及讲述。无序的奔走毫无惧色，而远方隐匿在更远处，音讯杳然。

2

在雷声中醒来，再无睡意。

窗台上的君子兰开始述说她的离奇往事。那些傍晚的霓虹，空气里飘荡的栀子花的幽香，惊鸿一瞥的背影，以及缘聚缘散的际遇。

曾热切期待她绽放异彩，也害怕她在连日的暴雨中香消玉殒。

雨帘屏蔽了忧郁。而那一声呢喃和一双眼，让一个俗人的深情无法自欺欺人。

3

家山渐远，异乡的漂泊已成定局。无论风雨多么猛烈，也没有什么可以把它阻隔。

我仍然在风雨中飘摇，但早已习惯这样的沉沦。

母亲已很久未来入梦，再多深情的文字都难以唤回遥远的炊烟。

4

我并不惧怕这扯天扯地的风雨，我更喜欢它将君子兰洗濯出的异样的晶莹。

我且沉溺于这孤独的爱意，我在闭目的冥想中看见了昨天和明天。

实景和幻像

待售的新楼盘

高挑。匀称。姿态妖娆。

上来一个。又上来一个。黑压压一大片。

她们弥漫着焦渴的欲望。

光棍成堆。美女难嫁。

暮色中的农民工

从城市的最高处，从城市的最低处，他们缓缓地退潮。

纵横穿梭的疲惫的流水，悄然消失在城市荒漠的深处。

夜，短得来不及生长梦的芽。那刚消失的流水又开始汹涌……

浸泡在雨水中的城市

不来便不来，一来就看海。

淹没了所有的霓虹和灯火，所有的笙歌和轻佻的离合。疲惫而欲望的背影，被雨丝切割；好梦与噩梦混合的激流，壅塞了所有的出口。

或者逃出这座城。或者，让明日的烈日蒸发，化为虚无。

仰望 6 月 7 日

我曾经仰望过 7 月 7 日。然后我就开始守望这个日子。我的梦是在这里开的花，我在这里看到众多的种子发芽。

日子往前赶了一月，我不知道那是一种降低还是一种升高。但是，我仰望的姿势没有改变。

我仰望我心中的一茬茬的花结出饱满的子实。我仰望我那些饱满的子实在 6 月的风中唱出欢快的歌！

小巷里的阳光

一把异形的刀子，在晨昏之间无声的划动。

细碎的脚步，婉约的呢喃，清脆的呼唤，以及那开窗关窗的腰肢，浓荫里苦吟的蝉鸣——割成细条，裁成细片，斩成齑粉，弥散成静寂的炊烟。

一双迟暮的身影，在小巷里蹒跚，将半幅阳光摩挲成暮色。

穿越长夜

在一场噩梦里鏖战得太久。夜的征衣，被割裂成碎片，在寒霜中沉淀出死寂。

在死寂的旷野，我独守沙场。遍体赤裸，第一缕曙光照临，我用微微的战栗向风中猎猎的旌旗致敬。

山坳里传来鼓声。红霞召唤夜的沉默。我在雾中和迟疑谈判。

睡意来袭

中午，蝉声在烈日下如豆荚般炸裂。市井的喧嚣吱吱冒油，干瘪的影像匍匐在无人的深巷。

电视里的故事越来越遥远。文字里的故事越来越遥远。

眼皮是一浪盖过一浪的潮汐。在瞬间，睡意来袭。

独处

何家桥旁边的这个社区，人山人海。

持续的喧嚣窖成了一缸寂寞的宁静。知了们疯狂地嘲笑匆匆来去的背影。

在这里，我用一首绝句拴住时光。让秦月汉关的意象沉入梦里。

穿堂风

像蛇一样悄无声息。从竹阴的暗处游过来，爬上阶沿，在虚空里逡巡寻找某种目标。

抓住一切，又赦免一切。

那穿过长廊的过客，你忘了还我那一绺被你掳走的黑发。

古城墙

在城墙的阴影里，脚步被湮没，足音浸入了时光的空隙。

平地而起的土坯，我喜欢理解为是大地下陷之后的脊骨。血肉尽失，时光化为黯淡的苔藓。

那静躺在烦器边沿的化石，被人当作了一味可以治病的中药。

好一朵美丽的茉莉花

绽放在枝头还是跳动在弦上？唱歌的女子，一会儿映着霓虹一会儿披着朝霞。

谁想要将你摘下，别信他。他只是那缕幽香的俘虏，何曾在乎那刹那的芳华！

我用一种叫作通感的修辞，在梦里，哼一句，就在瘦弱的细枝上缀一朵洁白的小花。

等来了一缕海风

出峡东去的岷江水，忠诚的信使义无反顾。

有一场不醒的长梦，一直激荡着远海的涛声。

夏日里，当杜鹃的啼鸣渐渐喑哑的时候，终于与一缕海风在川西平原的热风中布下了清凉的爱情。

夜雨

是谁的叹息？在述说谁的故事？在秋风骤起的黃夜，桐叶铺就的乡径，是谁留下了层层叠叠的脚印？

穿越平原的河流，在没有心事的人的梦中睡去，在不眠者的枕边抛起浪花。

蛩音杳杳。市嚣隐隐。最后的雷声，隐约的长尾蘸满了夜的墨汁！

夜歌

夜，确乎是静了。这正是歌唱的好时候。

当然是唱给黑暗，唱给黑暗深处的耳朵。我分明知道，七里香在暗夜里正疯狂地绽放着，而玉兰的花瓣正在黑暗中坠落。

夜歌，就唱给那些绽放和那些坠落，唱给那些希望和那些绝望。

瘸狗

三条腿，已在老街的小巷里游荡了大半个冬天。

它想讨好每一个人。欢快地接近每一条腿，小心翼翼地嗅每一只脚——然而那些脚步总是匆忙而阴险。

它想讨好每一只狗。那些健全而神情傲慢的野狗或者家狗——毫无教养地撕咬，或在细绳下优雅地踱步。它蹦着三条腿，用温柔的哼哼去亲吻同类的皮毛和尾巴。

它皮毛杂乱而肮脏。第四条腿藏在肚子下面，若隐若现。

这时，它眼神清浅，流淌着对冬日傍晚的暖阳无限的热爱。

它蹦跳着和墙角的一根棍子玩耍，不厌其烦地举起前爪去空中抓一只不怕冷的蜜蜂。

那灵敏的黑色鼻子，总忍不住朝着烧腊铺的方向。而那双灵敏的耳朵，确乎很久没有听到过温柔的呼唤。

并且，那块做床的纸板也被收破烂的捡走了。

天黑得很快。冷夜迅速凝固了所有蛊惑的气味和声响。

当黎明再一次回来时，它已被铲进了那辆三轮垃圾车。

雨水节， 听到了春风浩荡

1

前天，母亲在屋后的老坟旁种下了南瓜。被母亲用力翻起的暗红色泥土，带着润湿的深梦。她浇足了农家肥，薅一把冬天里枯死的茅草盖上，仿佛把一个惊醒的婴儿重新轻轻放回温暖的被窝。

昨晚，听到有一丝风声从房顶的瓦片上拂过。清晨，静寂的乡野，雨痕依稀。林间的鸟鸣带着夜雨的隐忍。

每年的雨水节，总是这样来临。按部就班的母亲，听从心底的神示，她从不翻看老黄历。

2

雨水节并不看立春节的脸色。立春是个信号是个招呼，雨水节才能让风雨对唱，雨和雪的谈判才有了转机。

二十四节气排列在老黄历中，有的飞在高天，有的浮在低空，有的漂在水面，有的隐在林间。

雨水节是一粒种子，藏在泥土下。

它与立春节依依不舍，以大地的身份呼唤天空。天空以悄然无声的夜雨，召唤惊蛰的来临。它梦着，它正醒来。它躺着，它正在叩击解冻的土壤。它让冰在怀里慢慢苏醒成荡漾的春水。

3

玉兰的花事已过。桃李还在远处的春风里打望。

雨水，这两个字，足以让万物生长信心十足。

雨是纵向的跌落，水是横向的流淌。雨水节，让大地做好醒来的准备。草长莺飞烟雨江南的图画在浓稠的墨汁里呼之欲出。

我已望见了龙抬头。

4

各种各样的排场，在蒙蒙烟雨里列阵而来。

求平安就在当下，求丰收放到明天吧，我们还有寒潮需要抵御。

剃头也可以免，留着长发在明天的春风中去飞翔。

我们对大地有太多的祈求，土地答应过吗？

但我们知道，雨水节即使没有雨水，所有的梦也会在惊蛰醒来。

5

雨水节，在韩退之的绝句中点染北国隐约的春色，而在杜子美的绝句中洒下南国春夜的喜雨。北归的雁行与燕子的呢喃结伴而行。

只要小楼有春雨可听，明朝深巷有无杏花叫卖又何妨？

春风开始浩荡，惊蛰已近在咫尺。

开始急行军的春天

这个春天的脚步，走得异常沉重而缓慢。

被死亡笼罩的春草也会停止发芽。被魔鬼威胁的花蕾也会拒绝开花。

很多的路，被脚印遗忘太久。很多的山很多的水，很多的鸟鸣和虫唱，陌生了眼睛的抚摸和耳朵的问询。

瘟神的魅影，把鸟语花香化为无休止的争吵和诅咒，化为胆怯的沉默和忧伤。

此时，窗外东风浩荡。我终于听到了季节急行军的步伐。

久违了，闪电！久违了，雷鸣！

久违了，风卷残叶在大地上旋舞的狂欢！

久违了，暮色中匆匆奔走的身影和隐约的呼唤！

这一切熟悉的悸动和寂寞，重新回到了我的窗前。

东风浩荡。

挟一场暴雨来吧！

挟一场冰雹来吧！

把这个世界所有的消毒水的异味荡涤干净。溶解哭声和绝望，化为晚春的新芽。

把雷声轰进忘记解冻的泥土，点燃万紫千红，照亮燕子回家的路途。

春之序曲

春天就这样开始了。

我躺在枯瘦已久的河边，怀想它野性的往日。在我心海深处，便听到惊涛拍岸。

季节的潮汛来势汹涌，一如我初恋的爱情。

这时，雾气氤氲的田野，在想象的视野里猛然摇曳成沉甸甸的风景。

春天的铃响，常常来自一粒欲绽的苞芽，常常来自一声寒蛙的歌吟。

缤纷的季节已经在望。所有上演莺歌燕舞的日子，已经排成雁阵飞来。

脚下，黑色的泥土，将永远做证我对这个日子泪水滂沱的凝望。

是谁在这令人心颤的日子，用缤纷的五彩涂抹这沉默已久的原野，把空灵而饱满的意境化作一种刻骨铭心的悸动流遍全身？

闭目聆听，有密密匝匝的生命在季节深处踏歌而舞；那些飞动的精灵如醒世的经幡，昭示所有惺忪的灵魂——在无数次的痛失之后，总会有一次清明……

走进春天，让心之留恋重新拥有一片生的蓬勃；

走进春天，让蛰居已久的日子萌动煦风与鲜花的梦想。

美好的日子，终于深一脚浅一脚向我走来。

凝望原野——春，纯洁光润如我的恋人……

五月的歌声

五月的天空，有布谷鸟的歌声从远方飞来。

这从五月的晴空洒下的歌声，这单调的反复中蕴藏的庞大交响的奏鸣，这空灵而悠远的精灵啊！

从五月的天空掠过，俯瞰大地上劳作的背影，俯瞰那一望无际的玉米棵的队列，感受泥土升腾的温馨和爱意。

你在五月播下饱满的歌声，游弋于晴空，飞过夏季，用最后的旋律去唱熟一个秋天。

你这灰色的精灵啊！

收获了秋天后，将听不到你的抒情。

但我知道，明年的五月，你的歌声会再次回荡在我们的头顶。

春天一晃而过

惊蛰，这个节气像一枚铆钉停在挂历上，对我晃动着水雾迷蒙的眼睛。

春天是真的来了。就在刚才，我还在怅然回望，就像一个走在了前头的旅人在等待掉队的同伴。

池塘里开始跳动着蛙声，那种牵动着神经的歌唱，把记忆中故乡的炊烟和母亲的呼唤漂浮起来的清晨和黄昏，点缀成了天涯海角的思念。

如一群孩子在静默中奔跑。无声的夜雨，这个守时的精灵总在你开门前隐去。浅凹处润湿的印记是他们神秘的足迹。

到处是五色的花。到处是嫩绿的芽。到处是暧昧的风。

从一个黄昏到一个黎明。春天一晃而过。

在每一个冬季的末尾，我都竖耳倾听，倾听春天的脚步。

春天的脚步刚刚响起，我就猛然心慌。

因为我所经历的每一个春天，都只看到她们闪了一下身影就转身投入了炎夏的怀抱。

那些草，那些风，那些鲜妍得让人心悸的花儿们，只是一种一晃而过的致命诱惑，她们却让我从此万劫不复！

满山的桃花只是一个梦。满野的油菜花只是一个梦。

所有的花其实都只是一个梦。

我实实在在看到的，是枯秃的枝条，然后就是果实……

春天，明媚鲜妍的春天，就这样从我眼前像梦一样一晃而过。

春天，这个无限美好的季节，她只是处于寒冷和炎热之间一个倏忽即逝的点。

美好的，只会让你知道她的存在，你何曾真正拥有？

所有幸福的过程，因为强烈的渴望而浓缩为零。

相知相恋的路途，它也是一个过程。猛然间一睁眼，身边剩下的就是自己需要用责任甚至生命去抵御的炎热与寒冷。

生命的春天，它只在你回望的梦中。

一路行来。一双动人的眼眸，留在了人生春天的驿站。

春天，只是一个梦一样的点。

暴雨将至的时候

暴雨将至的时候，我独坐斗室的窗前，胸中满怀着中年人的心事。

那棵体态雍容的黄葛树，老成持重，颔首静默；白杨，此时却在高空的风中哗啦啦地拍手，咋呼呼地喧闹。

远处空地上腾起了尘土，挟裹着枯叶开始旋转，旋转……

一只灰狗从尘土的旋涡中绝尘而去。

树林外。汽车飞驰，若无其事；路人飞奔，漫无目的。

现在，我好想看清那更远处的那条河，想知道那河面是否激起了波纹；我想知道河的对岸，那座竹林掩映的农家小院，那个瘦弱的女子——

此时是否正从碧绿的菜地里直起身来，拎着竹篮匆匆地回家去。

起风了。

一只画眉鸟，从窗外疾驰而过，掠过一声惊鸣！

天气预报： 近日无雨

窗外哗啦啦一片，迷蒙的水雾把世界阻隔得无限遥远！

打开电视。天气预报：长江中游，近日无雨……

长江中游，遥远吗？门泊东吴船，千里一日还。

正狂暴跌落的冰凉的雨水，能将船送到大海，它为何就到不了焦渴难耐的洞庭？

千里洞庭的浩淼烟波，海市蜃楼般变成了跑马的荒原；风吹草低，怎不见牛羊的踪影？

稻香鱼肥的鄱阳湖，一艘艘曾经轻捷的渔船搁浅在干涸的泥滩。

苗枯了，花蔫了。涸辙之鲋，眼巴巴盼着过路的庄子，等着为它涌来东海之波。

东海之波在哪里？

天气预报：长江中游，近日无雨！

母亲河巨大的血管，曾因高压而破裂，今天却因枯竭而窒息。

母亲已经衰老？

曾经一次次的手术，我们总想消除母亲身上一点点沉积的病患，平复我们自卑的灵魂。而今，杂症并发的母亲，谁忍正视那陌生的容颜？

当民族的心魄在烈日下暴晒，坦荡的江风化为干燥的火焰，血管里缺少了殷红的血液，焦渴的身躯浓缩出无言的悲声——明天，谁将被悬于枯鱼之肆？

撕心裂肺的呼唤，从昨天的云贵高原缓缓飘来，就这样停驻在了荆楚骄阳盘踞的晴空。

天气预报：近日无雨！

近日？近日到底是多久？

窗外早已是哗啦啦一片，迷蒙的水雾把世界阻隔得无限遥远！

高铁从我的窗外驰过

每天，我在这里吃饭，睡觉，消磨我生命的时光，顺便还隔窗远眺平原的风景。

我不过是这条驿道上永不退职的扳道工。

按照某种约定，那一抹白色的影子就会定时从我的窗外一闪而过——向东，或者向西。

无数个或大或小的人生排场，只给你抛下一个题目，内容了无知晓。

我的故事，在那些过客的眼里不过一闪即逝。

相对于那些飞驰的身影，其实我也在狂奔。

他们匆匆跑向自己的故事，或者怀揣着故事去寻找某种结局。

在这条笔直如线的驿道上，像蚕子吐丝，用时光之线编织命运之茧。

我，也许早已是那些飞奔者隔窗望见的一只茧，悠悠地挂在那扇陌生的窗口。

一条想跟我回家的流浪狗

它坐在人行道边的芭蕉树下，百无聊赖。

街上人来人往车水马龙。小食店卤猪蹄的气味在街面上横冲直撞。

一个醉酒的男人，坐在阴沟旁放肆呕吐。

阳光在哗哗燃烧。它忠实地照看着那个仿佛要死去的醉鬼。

落难的小美女，一身邋遢。两眼闪动着善良的忧郁。

我并没有放慢脚步。

在这条来回几百米的路上，已走了半辈子。我正在回家。

它突然抬起忧郁的双眸看我一眼，犹豫不决的屁股举起又放下。半截尾巴，在土灰里生硬地摇了摇。

热风卷起了尘土。知了的噪声大汗淋漓。

我急急的奔走没有影子，隐隐觉得身后有细碎的脚步，若即若离。

回头看，它正驻足怯怯地看我。

我继续我的赶路，它成了我的影子。

一群幸福的野狗，撕咬着疾驰而过。它视而不见，似乎发誓要随我而去。就这样我们已经走过了500米。

我终于焦躁起来，进而也泛起了深深的忧郁。

去街边包子店里一元钱买了一只大肉包。我说，吃吧小东西，吃完了想干嘛干嘛去！

取下我腰上的家门钥匙挂在它的脖子上。

这一瞬间我猛然升起了一种前所未有的释然。

算命的瞎子

在临街院墙的拐角处，我突然被那瞎子叫住。

朋友，相信一次吧，信则灵啊。他说。他朝天翻着白眼。

那一瞬间，我感觉身体的某个部位被瞎子给拽住了。就好像童年时跟狗娃子打架被那恶小子死死抓住了我那还没有长醒的命根，双腿突然失去了迈动的功能。

不知不觉就递过去我的左手，让那双鸡爪般枯瘦的老手深情地揉搓。

我眼睁睁看着，藏在骨子里的那点精魂如一缕游丝悠悠离我而去。

似乎还能够听到街上汽车喇叭声。似乎还看见一个时髦的女人晃过一只鲜红如血的唇。

瞎子的瘪嘴不停地念着咒语。继续望天翻着白眼，阴森逼人。

我感觉，他慢慢变成了一条尖嘴的蛀虫，咬透了我的手心的皮肤，顺着手臂脉管进入了我的内心。内心瞬间千窍百孔。

他终于放下了我的手。

他说，走吧可怜的人。我梦游般地走了。

刚转过街角，无意间一回头，竟看见那边斑马线上瞎子飞奔而去的背影。

梦中的牧场

在城市之外，平原的尽头，蜿蜒着一列不高的葱茏的山岭，一条清凌凌的小河静静地流淌。

在小河与山岭之间，是我的牧场。

绿竹掩映木屋。河水在窗前淌过。烟囱里袅袅炊烟在乡风中翩翩起舞。

我有一驾马车，还有一匹跟了我一辈子的老马。

一条忠实的土狗披着开始脱落的卷毛，总在我的脚边摇着尾巴。

野鸽子和斑鸠，在收割后的麦田里优雅地散步。布谷鸟躲在屋后竹林里不知疲倦地唱着"布谷——布谷——"。

白鹭，立在河边汲水的石阶上，望着夕阳慢慢西下。燕子在暮风里划着弧线。

我在我的牧场里随意转悠，亲切地看着我那些幸福的牛羊。抚着已经有些衰朽的栅栏，静听蟋蟀们轻盈的歌唱。

当雾霭开始从河面上升起的时候，便有一个访者的身影从长满苜蓿的河边土路上向我走来……

在梦中的牧场，我将和我的马、我的狗、我的那些木栅栏一同老去！

草叶上悬着一滴清露

夜色悄悄隐去。白鹡鸰开始在白杨树茂密的枝叶间清脆地啼鸣。

一缕阳光穿过刺槐林。一丝银线穿透一枚清露，在轻轻的晨风中发出颤颤的回响。

霞光弥漫，嗖嗖地穿透刺槐林的幔帐。千万缕银丝织成壮丽的纤维幕墙。

草叶上悬着那一滴清露，凝着隐隐的惆怅。

蚂蚁匆匆地上班了。天牛在桑枝上蠕蠕爬行，活动着那把老骨头。蝴蝶翩翩，在晨光中晾晒衣裳。

一滴清露，悬于草叶之上，开始瞬间凝聚万道霞光，燃烧着，成为一轮绚丽无比的太阳。

颤动着，荡漾着，旋转出梦幻七彩，在那片草地上，开始放声歌唱。

有人在深夜里大声呼喊

在已经沉淀下来的夜的深处，突然听到有人在大声地呼喊。

那声音仿佛一枚枚夜空中的焰火，骤然而起，扩散，然后又无奈地寂灭，隐入夜的深渊。

那呼喊一遍遍地反复着，分明浸透了焦急的雨水。仿佛站在山丘之上，亦仿佛踯躅于深涧之中，有时又仿佛是在柏条河畔的泥土小路上急速奔跑。

在这黑夜的深处——
所有的声音寂灭时，所有的耳朵都竖起了；
所有的光明隐藏时，所有的眼睛都瞪大了。
是谁在呼喊？是谁在呼喊谁？
你可不要在静夜里喊出真话，也不要叫出你亲人的名字！

在七月的风中飞翔

如朵朵葵花，永远向阳开。

清风中，七月的心事展开翅膀，在山川河岳之上，在万缕霞光之中，自由飞翔。

很多关于酷暑的往事，很多在热风中燃烧成灰烬的记忆，在这七月清凉的晨风中如乌鸦远去的影子。

很多追寻清凉的往事，很多在苍茫的暮色中倒下的身躯，在我视野的尽头重新站立如擎天的巨石。

七月的心事，在阳光下怒放成一朵朵葵花。

逐日的夸父，在万年前的那一个七月轰然倒下，凝固成了巍巍昆仑。

苍松翠柏掩映的大地，暮鼓晨钟时时呼唤失而复得的光明。

不要在梦中沉睡太久。不要在夜里踯躅太久。

追寻阳光，留住温暖是我们的责任。

浇灭酷暑，播种清凉也是我们的使命。

茶楼里的下午时光

那时已是午后四点半。天色却过早地暗下来。

宽大的落地窗外，大街上开始车流如潮。

一辆救护车闪着灯在车流中沉浮，无奈地哀鸣。

透过两栋高楼之间的缝隙，可以望见更远处早已不能濯锦的那一江流水，此时更像一条开始冬眠的蛇。

一群鸽子，无声地掠过对面楼群的上空，做无枝可依的盘旋。

穿白围裙的茶楼小妹，枯坐吧台两眼无神，如我杯中早已淡去的清茶。

浓酽的往事，早被淡茶稀释。很长时间，我们放任自己的双眼四处游荡。

墙角大花盆的那株植物兀自忧郁地绿着。一只小爬虫在阔叶上做瑜伽。还有一只小飞虫，在天花板下已经转了五千个圈。

淡茶冷了。茶客们死在寂寞中。

地铁

在浮华世界的地下，上演着另一场浮华。

在追逐空间的另一个空间，进行着另一场追逐。

将城市里杂乱堆积的梦，搜集起来，转运到城市别的角落。

满载着欲望和绝望，逃离的兴奋和离别的忧伤，在幽深的洞穴里风驰电掣。

一条巨大的蚯蚓，将城市的土壤一寸一寸翻动，播下欢笑和哭泣的种子，从一个个出口拱出来，在喧嚣或者幽深的巷陌中分蘖开花。

谁知道呢？也许在你睡床的下方，正轰鸣而过一串昏暗的影子，奔向一个个无法拒绝的结局。

那个深处的世界，正繁荣着一场沉默的角逐。

不停地追逐。从地面追到地下。

不停地昏睡，从地下睡到地上。

疲倦的身体在光影中被不断的打磨和搓洗。

飞升的梦境，在深邃的巷道中四处碰壁。

在阳光的监视下遁入地下，或许期待一场暧昧的邂逅，或许拒绝一个暧昧的眼神。

在下一个出口，用被雾霾挟持了的阳光将那段记忆蒸发干净，然后把自己的影子藏进高楼的阴影。

地铁不寂寞，寂寞的是独行的身影。

身影也不孤独，孤独的是各自怀揣着的远方。

露珠

选一片最鲜嫩的草叶，把自己小心地放上去，在晨风中感受秋千带来的微微眩晕。

静静的，不要有放肆的欢笑。让清晨藏一半在梦境中。

可以听蝉鸣，在浓荫间缠绕。杜鹃凄苦的诉说，就让它飘进梦中。

看无名的昆虫在草丛里飞速的爬行，看阳光穿透叶隙带着嗖嗖的风声。

所有美好的时光透过我的晶莹，折射出七彩的光晕。

我带着饱满的清凉，从夜色中奔向黎明。

在微笑中消瘦，在消瘦中浓缩一粒布谷的歌唱，带回下一个梦中，让它在梦中准时把我唤醒。

一个在大雨中急速奔跑的身影

风，倒是停了。雷声还在头顶来回滚动。

闪电像一把锋利的刀子，在天地之间嗖嗖地挥舞，把沉闷的天空和大地当成一只西瓜，剁得汁水飞溅。

雨丝瞬间织满了天地之间的空隙

该躲的都躲起来了，沉渣从阴沟里泛起；该停的都停下来了，雨丝在地面翻身爬起四处奔跑。

轰响填塞了局促的视野，眼睁睁，我看见一只慌乱的蟋蟀无声地跌进了湍急的檐流。

这时，在朦胧的雨幕中，一个身影在急速地奔跑。

看不清是男的还是女的，看不清是否穿戴着雨具。那只是一个奔跑的剪影，在雨雾中，像一只惊惶的燕子掠过，挥动着水淋淋的翅膀，贴着地面扑向一个未知的方向。

那个雨中奔跑的身影，从小街一头的雨中过来，又扎进了另一头的雨中。

我知道那一头，只是一片破旧的土屋，四面是荒芜的菜园。角落里，有一条灰黄色的瘦犬坐守着枯索的晨昏。偶有瘦弱的炊烟在鸡鸣声中起舞；杂草下隐藏着一条寂寞的小径。

土屋后面是一条竹阴下游动的溪水，隔离了与远方的田畴和院落的呼应。

在混沌的雨的世界里，那一座绝望的孤岛，正呼唤着一个急速奔跑着的身影。

雷声并不可怕。闪电也点不燃被雨水浸泡着的世界。

一个正在路上的身影，可以找高大的门楼躲避雨水，可以像我一样，静静地站在窗前看纵横的雨丝编织无穷的幻象，看肆意的流水洗刷或者污染脚下那片熟悉得陌生的泥土。

我不会急匆匆跑进别人的故事里。

那个路上的身影在雨中奔跑，像一只孤寂的燕子沉重的飞掠。

那孤岛般的土屋定是他心中最温暖的巢，在暴雨死寂般的轰响中，焦急地等待他的归来，准备用爱的拥抱烘干它湿透了的翅膀。

孩子，你不该这样从我的窗外飞过

天色正在暗下来。风也很轻柔。

暮色喧嚣，在路上匆匆的脚步和林间惊惶的鸟鸣之间漫延。

一些窗口已经溢出了温暖的灯光，街市正流淌着归家的气息。

我说，可怜的孩子——你在你十七楼温暖的巢中，刚刚歇下归去的脚步，怎么就这样匆匆地再次起飞？

在黄昏中，在氤氲的暮色里，我看见你像一片寒风中的秋叶，滑过我的窗口，然后静静地停在了那一小片茂密的草丛里。

人们不会围观一片落叶。没人会为一片飘零的树叶撕心裂肺的号啕。

真正的树叶飘落，是回家。

孩子，你已经回家，为何又急着飞走？

你还羽翼未丰。你的眼睛还无法看到远方。

难道温馨的灯下已没有了温馨？是什么声音的召唤让你这样急着跃窗而去？

孩子，你要知道——你的亲人已渐衰老，他们即使伸出双手也无力接住那一缕飘落的影子。

孩子，我还要告诉你——你不该这样从我的窗外飞过！

我窗外的天空是给风留下的路径，是给雨留下的空间，是给鸟留下的舞台，是给马蹄留下的草原。

那一抹笨拙的飘落，现在已经变成了一片阴霾，遮挡了我的视野，窒息了我的呼吸，闷出了我的泪水。

现在，我要关闭这扇窗口，我要将那个阴郁的黄昏永久阻隔在窗外。

春天在寻找一片绿叶落座

一只白蝴蝶在雾中带路。

迷路的春天，在灰蒙蒙的原野四处游荡。

冷风挟着雪花，把料峭写成了酷寒。

玉兰花躲在芽苞里，小心翼翼地窥视一场拉锯战。

尘土玷污了所有绿叶，只有梅花的碎影像夜空中的焰火在原野上溅落生动的星辰。

春风从吹皱的河面慢慢升起，为原野洗了第一帕脸。

深夜里一阵无声的夜雨，从杜诗的意境中借来温暖为原野洗了第二帕脸。

一声鸟叫唤醒了黎明，一缕朝阳照亮了原野。

光鲜亮丽的大地，举起无数翠绿无瑕的叶片，盛情迎接春的驾临。

春天，请你安坐在此。

让我们对归来的神灵顶礼膜拜！请你指引着万花次第绽放。

让我们在花影幽芳中去聆听古蜀的杜鹃的歌唱和汉赋的苍凉。

看唐诗宋词在川西平原纵横的河流中汩汩流淌！

看西岭积雪消融，黄鹂鸣柳，白鹭集翔！

一群猫在春夜里呼唤爱情

春风唤来了夜雨。

一群猫，在夜里呼唤爱情。

那呼唤活似婴儿的哭声，沙哑，凄恻，此起彼伏，回肠荡气又撕心裂肺。在湿漉漉的黑暗里仿佛一朵朵即燃即逝的焰火，不断地照亮不眠者的窗帘。

那些素日胆怯羞涩的家伙，却举着爱的火把，在夜色里苦苦寻觅。大声唱着爱的赞歌，在空旷的野地里搜寻猫眼星星般的闪烁。

遭遇的不一定是爱情，也许是一场惨烈的决斗。

一地猫毛，在夜色里无损春意。也许，残乱的皮毛正是胜利者傲人的征衣。

爱也歌唱，恨也歌唱。乐也歌唱，痛也歌唱。

寻觅也歌唱，获得也歌唱。奋力厮杀也歌唱，耳鬓厮磨也歌唱。

夜雨无声。爱与恨，在湿润的土壤里播下了种子。

清晨，在第一缕阳光中，大地和平而安详。

墙角，正热烈地绽放着一丛月季花。

春分，何家桥的傍晚

那些像火一样，像雪一样妖艳的玉兰花，竟然就谢了！

赏花的人，全都在埋头赶路，仿佛在追赶暮色。

浩荡的车流，一如既往地在刚刚点燃的霓虹中雄性十足，活像一大群嗷嗷叫着厮打的疯狗。

暮色中的何家桥，所有的风景都化为了尘埃，化为了细末，化为了雾状的氤氲。

浓稠的黄昏被灯红酒绿的欲望稀释，结成一团半透明的果冻，微颤着游丝般的气息。

那一场玉兰花的艳舞已成昨日。今天的何家桥再也无甚风色可赏。

一些影子急着飞进城去，一些影子急着从城里飞出来。谁还会在乎这路旁的风景？

那些兴味索然的疾行脚步，让艳舞者也全失了搔首弄姿的兴致。

这一个春天，已像只西瓜一般被春分剖为两半。我站在桥头，正纠结于"我还有半个春天"还是"我只有半个春天"的无聊判断。

在沉沉的暮色里，我居然隐隐听到了有人在热烈地讨论着梦想和爱情。

趴在人行道上写作业的小女孩

难得的春阳驱散了雾霾。蜂鸣蝶舞的时光，百花竞放。

一只粉色小书包躺在路旁，一个小小的身影匍匐在地上。

半支铅笔在白纸上爬行，一串小蝌蚪在春风中游动。

头上树荫里画眉鸟叫得正欢。一群鸽子在晴空里不停地画着弧线。

一只小蜜蜂，在她的耳畔盘旋着歌唱。

铅笔在爬行，蝌蚪在游动。

匍匐着的孩子，她的春天非常遥远。

过路的人都投过去欣赏的目光。我却让两粒泪水在春风中悄然滴落。

公园里的樱桃开始变红了。桃花梨花落蕊满地像铺着彩色的睡床。

晚开的樱花正在浓叶间燃烧粉色的火焰。池塘里小虾漾出了微澜。早醒的蜻蜓站在草尖上悠闲打望。

草地上不见雀跃的身影，只有拐杖搀扶着的蹒跚的暮色。

孩子，你不该在路上匍匐成一座凝重的雕塑，你应该去田野里飞翔成一双自由的翅膀。

汇川街 558 号

社区是新的，我眼看着它在桥头的这一片村地上长起来。

汇川街自然也是新的。它只是这一片社区的一个小小的被疯长的皂角树阴翳着的角落。

558 号，是汇川街更小的一隅。

左边，早晚被老娘们的红歌震得玻璃窗微微颤动；右边，一座幼稚园，如花的童年在铁栅栏那边欢快绽放。

而我，只关注左边飘来的钢琴声，以及右边那些幼儿老师如火般的身影。

汇川街 558 号，这里静坐着好几百号嘴里骂着监狱却又生怕失去了座位的青年。

一围如天井般的方形建筑，割裂一片天色。画眉鸟和斑鸠在从早到晚的薄雾中尖叫着寻找失去的原野。

一方被围住的绿色，从没停息过探头遥望西岭的白雪，从没停息过聆听岷江水隐隐的歌声。

我们，每天坐在天井里——

不是说些重复了一万遍的废话，就是振臂高呼一些豪言壮语！

六楼窗台上的猫咪

在六层楼的高度，你在囚禁中俯瞰世俗的街市

一动不动的小小雕塑。竖耳聆听遥远的风声和雾霾深处的隐隐躁动。

野性的狂想，被毛茸茸的爪子钉在水泥窗台上，无法生长腾跃的姿势和飞翔的梦想。

追逐和厮杀，是早已模糊的记忆，连鼠辈们鬼祟的影子也已很久未见。

时光在这日复一日的凝望中悄然而逝。这样的高度架空了轻捷和矫健的支点。

一只鸟在那片天空反复地穿梭，一种绝望的挑逗让窗台上那双紧缩的瞳孔满含忧郁。

窗台上的猫咪，大概已忘记了它曾是老虎的师兄！

拣拾阳光

在这个季节，阳光已成珍品。

被雾霾和阴雨一路劫掠之后，还会有多少逃逸的温暖可以洒落人间？

我在这个阴暗的角落已独坐很久。

在午后那个短暂的时分，听见有窸窸窣窣的声音越窗而入。

在睁眼的刹那，我看到了一地欢快跳动的阳光。

她们从金黄的银杏叶上悄然滑落，有的消失在挑台润湿的灰土里，有的在我脚边的地板上，仿佛母亲在晒坝上铺开的谷粒，在乡风的吹拂下追逐着欢笑。

在喧嚣围困的深秋，我拣拾金黄的谷粒盛满我寂寞的包裹。

我将它捂成一炉炭火，温暖迎面扑来的寒冬！

暴走

喜欢暴走，是因为喜欢"暴走"这个词儿。

喜欢"暴走"这个词儿，是因为喜欢"暴"这个字眼儿。

多么粗犷多么强悍多么肆无忌惮的一个字眼儿啊，它让我的双脚不知不觉丈量了多少清晨和黄昏！

多少静止的风景被我感动！多少奔跑的时光被我拽住，在十字路口，我们紧紧拥抱着倾心交谈和深吻，哪管那红灯黄灯和绿灯眨动着嫉妒的眼！

一个"暴"字，让我的双腿就长出了翅膀。

我想去的地方很多。山与水的故事都要去探访。那些沉稳的峰岭和灵动的倒影，将以怎样的情怀和我在晨昏之间对唱一阕雾气迷蒙的竹枝词？

总有一些身影在路的尽头久久徘徊，总有一些远去的雁行不肯声断南浦。

让我不停息的双脚穿过布满绿苔的小径，在夕阳西下的时候轻轻叩响你枯草垂挂的门扉。

直到望见——一段陈旧的土墙葳蕤着深冬里的绿意，一支玉白的月季绽放着古典的泪滴——我终将停下我的脚步！

两河村的夜晚

昏黄的路灯下，地摊胡乱地铺开，喇叭重复着直白的诱惑。

地铁口像一个间歇泉，准时涌出一波又一波流水，瞬间就不知道溢向何方。

保利广场的地砖的网格上，一眨眼就布满了一大片昏暗的影子，逐渐高亢的音乐掀动那一片影子，很快就旋转成一阵阵麦田间的风暴。

车流人流汇成一片汪洋。喇叭声和尖叫的人声绞成的闪电，把两河村傍晚最后一丝白光熄灭。

小吃摊的诱惑穿过密集的腿缝满地流淌。啤酒瓶在路灯下开始酒话连篇。

夜风在人行道上在车流错乱的灯光里打着趔趄，纠缠不休。

暧昧的笑声，肆无忌惮的野歌，让穿行着觅食的流浪狗突然驻足，耸起一身癞毛。

烧烤的老板娘一直在炭炉前晃动着屁股。

被孜然香气熏透的夜色，慢慢凝成了浓重的墨汁般的子夜。

还剩下一炉炭火。还剩下几声微弱的叹息。

此时，两河村才想起自己曾叫两河村。

有隐隐的蛙声从逼仄的街巷逡巡而来。

当最后一点炉火熄灭的时候，成灌高铁正好从街的尽头闪过一道模糊的光影。

阳光是个魔法师

所有的花都疯了。毕毕剥剥的，像热锅里的炒豆，在季节的怀抱里裂开。

好久没见过阳光了，撒娇也罢，生气也罢，反正就这样疯狂着，任何人都招呼不住。

凑热闹的蜂蝶，如影随形。

这样的被崇拜实在爽到骨子里去了，难怪那么多人都喜欢这样的感觉。

阳光其实是风和雨的幻影。

他让花朵发育成熟，生出幻想和欲望；他让花朵用无限的色彩和形态，拉直所有的视线，然后再咔嚓一声折断。

阳光不会让花朵消停。

阳光躲着，花朵被施了魔法。让花朵穿了水晶鞋，在春天里歌着舞着，幸福得忘乎所以。

一会抛掉一片丝巾，一会抛掉一件肚兜。一丝不挂的身影在风里奔跑，在料峭的寒意里做短暂的颤抖然后依然歌唱。

阳光会一直保持沉默。

任性的花，抛弃羞涩之后便孕育了籽实。绿叶的赞美退化为一种责任，沉默地立在门口防范着日渐嚣张的鸣蝉。

三春逝去。

季节的腰肢肥硕。

岁月变老。

一场傍晚时分的暴雨

突如其来的黑暗，眨眼间就笼罩了傍晚。

窸窸窣窣，噼噼啪啪，哗哗啦啦……

一片混沌。时间与空间相忘于江湖。

一场不为人知却预谋已久的围剿在太阳落山时发动。

猝不及防的只有檐下惊惶的鸟鸣。在战阵中欢呼着旁观的是树和草。关于敌对的双方的一切，不必知晓。

似乎唯一清醒的是太阳，它躲在黑暗之后一言不发。

但是，此时它也糊涂了——

这黑暗，到底是谁对谁的吞噬？

僻径

顺着金牛支渠从北向南，一段在东，一段在西。

从灯红酒绿中悄然脱离，像在躲避什么，又像在寻找什么。

两岸灌丛掩映，渠中急流无声。

纯粹由原始的泥土构成，在横斜的枝叶之下曲折迂回。

那些团团簇簇的粉色月季和如火如荼的美人蕉，顺着沟渠燃烧，
追踪它的走向。

成群的画眉鸟围观鼓噪，一群无聊的看客。

这样的情形每天都发生，在被城市遗忘的一隅。

这闹市里，孤独的隐者怀念着远去的蛙声和炊烟里的晚霞。

这一条僻静的小径，我只行走在每日的黄昏。

在闸口转角的地方，石板上蜷着一条慵懒的灰狗。

每一次，我们互相对视两秒，然后互为陌路。

一二三——茄子！

在"咔嚓"的瞬间，人们总是欢欣地呼唤着这种乡土气息浓烈的蔬菜的名字。

当初，我一直充满了深深的好奇和质疑——

为什么不呼唤红苕、萝卜、南瓜，或者别样的菜蔬？

那在初夏里成熟的紫色果实，曾经是那样近乎神圣地摆上我童年端午节的餐桌，在母亲凝重不安的神色里，替代着肉食的身份。

而我们，自然不会把它和一位投江的古人扯上什么关系。

当这紫色的果实在乡村日渐热烈的夏风中笨重地摇动时，农人们望眼欲穿的稻禾总是迟迟不肯抽穗灌浆。

茄——子！

那时，我们的呼唤是给田里的稻禾听的。

一二三——茄子！

留下的影像里绝没有茄子圆润的紫色，也不会有遥远的田园炊烟，更不会有青黄不接的时光影子

据说，人们只是为了定格某种最美的口型。

假如呼唤"股票"也可以制造这样的口型，"茄子"也许会永远沉寂于乡土。

每当摄影师按下快门的瞬间，我也会和大家一起呼唤"茄子"，但我的影像总是留下空洞的口型。

因为，我其实喊出的是"故乡"！

深秋里的喇叭花

篱笆在寒霜里黯淡倾颓了。秋风在散乱的堆积中逡巡瑟缩。

最后的喇叭花，艰难地攀上高处遥望天高云淡。

燕子早已离去。布谷鸟的歌声在镰刀的锋刃上消失。

杜鹃的飞影日益笨重。白鹈鸪已找不到停驻轻盈身姿的荷梗。

喇叭花，从春日的第一个清晨开始，不厌其烦地为百鸟繁花吹奏浪漫的晨曲，白色红色紫色的音符盘旋飞扬，排云而上。

在清风中与春花告别，在酷暑中为夏叶送行。

现在，在秋风中，该走的都走了，该睡的也开始睡去。

那一曲日渐消瘦的秋风辞还可以让谁远去的脚步黯然销魂！

一只精致的蜗牛停在了藤蔓的末梢，为一曲长歌画上了休止符！

在枯瘦的河边倾听水声

冬眠的鹅卵石睡满了河床。曾经的水草也在沉睡。

经年积雪的西岭在难得的春阳里反着白光,只有少数春心萌动的野鸟在原野里用变调的飞声寻找激情。

杜鹃的啼唱已沉默很久。布谷鸟空灵的歌声要到五月才能从热风中传来。

两岸的绿如颓废梦境,经冬的沉默褪为简洁的线条,在料峭的春寒里捕捉夜雨的跫音。

所有的生命都在静默中,倾听从川西高原急急赶来的隐隐水声。

那正穿越在千沟万壑里的军阵,在春风不度的高原衔枚疾走。

只有踏地的脚步无法掩饰对峡谷之外的原野优游徜徉的渴望。

那些枯瘦的河岸,孤独的桥墩,那些消失的倒影,以及在季节的路口望穿双眼的民间故事,正在侧耳倾听。

白鹤在倾听。燕子在倾听。炊烟在倾听。菜园边母亲伫立的身影在倾听。

那些借着渐起的春风起飞的歌声,也在倾听。

春分

燕飞犹个个，花落已纷纷。

清风中，一个料峭的激灵将这个季节剖为两半——一半跌落，一半高悬。

蜂鸣蝶舞正在继续，而光阴已经绿肥红瘦。

我知道晚开的花还在观望。我知道初长的叶正犹豫着孕育梦想。

我知道叮咚的流泉正飘着数不清的诗句，平仄蜿蜒，带着雪的冰凉记忆赶向温暖的远方。

鸟鸣的种子种在昨天，新芽将在明天萌发。

花瓣义无反顾地飘零，将沉甸甸的梦想留在枝头守候时光。

捧一杯清茶，一缕袅绕的水雾在春分中直直升起，不偏不倚。

我失去了半个春天。

我还有半个春天。

一道寂灭的闪电

风停了。天空也累了。

雷声哽咽着滚入深渊。夜在黑暗的呻吟里坍缩。

在这个间隙，有几滴鸟鸣和蛙声如云缝里的星子在闪烁。

在怪异地跳跃，在逼仄的子夜里明灭着弧线。

趁遁去的雷声还没回来。

在子时的门槛瞻前顾后，让黄昏疾行的身影袖着黎明。

没有谁在召唤，也没有谁在等候。

点燃自己，照亮瞬间的梦境，让漫长的泥泞沐浴一次短暂的
希望。

与雷声纠缠得太久。

这如影随形的幽灵，撒泼打滚，污言秽语，发誓做永世的冤孽。

我将逆着来的路径寂灭于黑夜之黑。

或化为地火。或化为春草。

傍晚时分的彩虹

悄然架在西天之上，远山远水之间。

那时，天色苍黄，一群归鸟的剪影贴着暮色缓缓而去。

盈目的楼宇，在雨后清凉的风中化作海市蜃楼。

每一双躲在窗里的眼睛都满含惊奇，每一个奔走在途的身影都乐于苟且在这个黄昏。

遥望七彩的桥，以及更深的暮色。

夜的翅膀在远处开始扇动水一般流淌的阴郁。

当天空开始掉落马赛克的瓷片，黑夜的大军便悄无声息地掩杀而来。

七彩的黄昏，被夜囫囵吞噬，溶在微微颤动的快意里。

无声无息地来，无声无息地去。夜，却缄默不语。

那在寂寞里架起的桥，牛郎和织女还没有出发就拆了。

我的梦刚走过，桥就没了。

彼岸的我的梦，将在夜的出口，守候彩虹的种子发芽开花！

拆

这个动词，是对完成的否定，对组合的瓦解。

在一个黑色的圈中写下这个字，一段已经沉睡很久的时光便猛然惊醒，在惶然的战栗中，提前摇摇欲坠。

当机械举着大钳逼近的时候，所有绝望的叹息都被湮没。

墙缝里栖息的鸟雀开始逃亡、

一切与此相关的事物，或者在回望中撤离，或者在坚守中同归于尽。

一切歌声、呓语，还有爱的呼唤，在新造的陌生里失魂落魄。

湮没于人海里的遥望，在渐渐沉落的烟尘中流离失所。

那些关于爱与恨的藤蔓，在粗暴的利刃下断裂，被风卷到未知的角落重新生根发芽。

夕阳西下。断壁残垣的黄昏，一群乌鸦盘旋，无枝可依。

散的无奈地散了。

时间与空间被彻底打乱，一只无形的手在随意地码着积木。

谁也无力找回自己的清晨，而黄昏已被别人占领。

故乡，家园——这些词语已在词典中寂然死去。

我不会对着自己的影子忏悔

在路上，我或走或停。

花开时是得到鸟鸣的招引。花落时是受到夕阳的蛊惑。

风从林间出来，纵容它在我的腋下晃荡。鱼儿羞涩的涟漪不是我制造的。

从清晨一直守候到傍晚，一直到月色慵懒，鸣蛩倦息。

是否继续在黑夜里穿越，让北斗星来做决定。

江山静默。我不闻不问。

再多的惊叹号和问号，到头都是句号。

我的句子，想长就长，想短就短。

在风中在雨中，朴拙和精致都可以幻成彩虹。

食欲拒绝忌讳。尖顶穹隆的晨昏随意点燃佛的香火，也可以随时熄灭。

只相信双脚对远方的眺望，面对宇宙洪荒。

远去的，我让灵魂赶上去陪伴，我愿意或歌或哭。

我愿意拥抱一切苍茫和沧桑。

用一些文字拴住时光，用另一些文字制造遗忘。

叹息就是赞美。绝望就是朝阳。

我不会对着自己的影子忏悔，浪费时光。

时光的缝隙

这致密的混沌，吞噬一切庸常和功利的脚步。

乾坤颠倒，晨昏无界。暮鼓与晨钟在昏鸦的翅影里卷起漫天尘土，风雨吞吐流浪的呓语。

没有一句呼唤可以传到心灵的耳鼓，没有一声叹息可以穿越梦境的幔帐。

时光渐渐冷却，爱的眼神凝固成遗世的琥珀。

一切坚硬都有柔软的时刻。一切沉寂都有呼吸的颤动。

一路狂奔的时光，挟裹着数不尽的俘虏势不可挡。

许多人在回望来路，许多人在绝望前程。

有谁在低头思考脚下的影子——光源来自哪里，在燃烧着谁的太阳？

又有谁，在盲目的路途寻找过横向的天光？

狭小的窗缝闪过了鸟的飞影。有爱的清露从虚空里坠落。

拘向迷途的幽囚，在时光的缝隙里看到了一片绿叶和一朵云。

一匹马在远方奔跑

一匹马在远方奔跑，将隐隐的蹄声交给秋风。

阳光泛滥，苍鹰在草原上制造阴影。

帐篷失去方位，出发的脚步在晨露中试探行程。

每个方向都是绿，都是缓缓的弧度，都是流淌的风和梦中的家园。

河流不是向导。马在自己的路上奔跑。

那一抹飞奔的影子，是雪山的倒影是海市蜃楼。

秋风渐盛，翅膀做了逃兵。远方的远方，唯有奔跑可以抵达。

梦境也可以抵达，可以把戈壁与泰山相连，可以把青城与济水相连，可以把雪山与流泉相连。

梦境，正伏在马背上。

飞扬的鬃鬣，用来安抚倦怠的梦境，告诉你风的起点和云的尽头。

大漠孤烟，晨钟隐隐；长河落日，暮鼓沉沉。

在边塞里婉约一段离愁。

不息的蹄声，让梦境永远飞奔在路上！

爬墙虎在高处眺望秋天

我看见鸟儿划过了挑逗的影子，看见溪沟里倒映着一片绿色的忧郁。

秋分已过。寒露在落叶的底下蠕蠕爬行。

一面颓墙，被岁月抛弃在闹市的角落，却被爬墙虎拥抱着安慰了整整一个夏天。

爬墙虎布满墙面的足迹，秋风和秋雨都不可收拾；那些细碎的行走，在颓墙的命运里凝成了丰碑。

黄昏冷却成夜色。无数只耳朵在倾听遥远的絮语。

曾经那样不羁的冲动，让凌空的欲望化作母性的温柔，将黯然的冷漠暖成一墙风景。

拥抱着不曾觉悟的沧桑，向每一个清晨和黄昏证明某种誓言，让四面出击的嫩梢有的化作问号，有的化作叹号。

天高了。云淡了。

爬墙虎在高处眺望秋天，等待季节快递的梦境。

我听见了隐隐的叹息，听见了开始松动的脚趾和墙缝的别离。

向一枝摇曳的绿致意

沿途早已荒凉。

飞影失去了归巢的黄昏。连雾霾都提前转向，追随俗世的渊薮。

迷失的风，将一地碎梦铺向远方。

有似哭似笑的歌声，在若有若无中徘徊。

这片旷野我曾熟悉。这片旷野我正陌生。

最后一片叶在午后的骄阳下枯了，这是意料中的事。

我不曾做过丝毫的挽留，就像我不曾挽留过流浪的夜风。

虽然它在我的时光里布下过小小的阴凉。

在蝉的歌声穿越热风的慵懒的正午，脱水的日子干裂发咸。

当诗意的蝉鸣晒成聒噪的时候，我的影子正好遮住了我立足的寸土。

没有一个方向不是远方。没有一个方向不是苍茫。

带着绝望去寻找希望，带着沉默去寻找鸟鸣。

那些我曾走过的原野，或者我将走过的峡谷，孤独的影子会逐渐成长。

即使低头疾走，我也相信定会收到孤独绿色的问候。

落日孤烟的意境里，最适合向一枝摇曳的绿致意！

冬阳

你根本不知道我有多么在乎你那一抹温暖！

无论夜晚多么冷黑，一豆孤灯可以照彻长路，一声轻呼可以让睡死的脚步重新启程。

是的，冬天已经来临。

没有你的照耀，春天注定很远！

你从我的天空走过，神性凛然，傲视一切。

你不知道从我额头掠过的那一缕阳光，它拯救了冰冻的沉溺。

我要感谢神感谢阳光，感谢一切玩笑般的机缘，感谢那些快乐的呻吟和疼痛的抽搐。

感谢深冬里，冷酷的鸟语。

我头顶神明，无所畏惧。

贴梗海棠，在小寒里享受腊八节

季节癫狂。借一缕梦呓般的暖意，贴梗海棠从沉沉雾霾中站上枝头。

打开羞涩的胴体，在迷乱了方向的风中，挑逗斑鸠鸟的歌唱。

红霞一片，在朦胧中溶解四面八方铺天盖地的叹息，点燃无数忧时伤世的情怀。

冬至已过。小寒不寒。传统节气在现实中奄奄一息。

七拼八凑的一碗粥，让那些毫无羞色的开放无比欢愉。哪怕大寒正蹲伏在不远处。哪怕日光在迷雾中溺灭。

如同错把闪电当成了太阳，错把骗子的眼神当成了信任的温暖。单纯和天真，弄丢了等待的耐心。

腊八粥不过就是一碗粥，它只用来安慰寒夜里绝望的不眠者。时序的大餐还没准备食材。

颤动的腰肢，青春的火焰。小阳春，只是一场梦。

在二楼的窗口，俯视那一片迷蒙中的狂欢。

小寒节。腊八节。乱颤的花枝。

谁知道惊蛰的隐雷还有多远，它将从哪个方向滚来？

归燕

它们轻盈地滑入黄昏，隐藏好整整一个冬天的故事。

昨天，那些翼下掠过的山河，在祖先的遗训中凝成了爱和疼痛，凝成了遗忘和永恒。

沿途的风景，用来召唤而不用于流连。

风雨中的滑翔，只要沿着基因的轨迹，就永不迷航。

在方向里植入季节的信息和祖先的教诲。从不和命运讨价还价，从不发异乡人的牢骚。

归去，亦是归来。

故乡，永在路上。

信任人世的炊烟，却不食人间烟火。

在人间的哭笑中衔泥筑巢，在入世的欢歌中酝酿出世的呢喃。

用翅膀把幸福的阳光带进阴暗的屋檐，在忙碌的晨昏安慰鸡犬的争吵和农具的疲惫。

在季节的转角处，筑一厝短亭和长亭，在芳草萋萋的意境里抵达或者出发。

把梦留在旧巢，带着温柔的歌声上路。

南方和北方，都在期待着安慰。

你迁徙的宿命，原来是使命。

小巷里的灯光

春色泛滥，暖风无孔不入。

夜，从斑斓的原野收拢，涌进一条寂寞的小巷。

墙角那枝粉色的桃花大隐于市，累死的喧嚣幻成一地阴影。

一柱灯光从深巷中出逃。旁观的夜，让出路径。

一声细语，两声叹息。在黑暗里追赶，在茫然里搜寻。

灯光丢掉拐杖，循着青春的梦痕返回田园和山野，返回一切足迹的故乡。

在落英缤纷的树下一直驻足，望断黄叶纷飞映照落霞。

那些路途，有的清晰，有的隐了。那些歌哭，有的仍在，有的埋了。

那些路口，那些码头，那些长亭短亭萋萋芳草，离合聚散的情节，在黑暗中才更清晰，在飞翔时才更凝重。

时光的饕餮，席卷所有的清风和云霞。跨越千山万水，找寻那条冥冥中的小巷，浓缩为一柱灯光。

不恋春色，只待夜色推窗，穿越四季寒凉！

一棵中庭的树

它美得不偏不倚。

抚慰着每个方向也拒斥着每个方向，让四周窥望的窗户发狂。

相关的传说，以营养和水的形式汩汩地涌上枝头，从叶脉中冒出来，幻成清露的容颜，让蓬间的鸟雀对唱情歌。

它努力向上，突破拥塞的喧嚣去寻找孤独。

它无花可开，只专心保持纯粹的树的姿态，让风的呓语和雨的眼风从枝间滑过不着痕迹。

在拥塞的小园中，不厌恶也不亲近，不自傲也不自卑。

它的梦与现实井水不犯河水。

也许有云的高度，也许有星与月的高度，但它从不与人说起。

它要在高处建一座琼楼玉宇。

这座小园能俯瞰它的根，而仰望只是一片虚无！

俯瞰

夕阳熄灭，夜开始燃烧。

把梦举起，把欲望举起，把高傲的视线压低，世界在黑的帷幕下蠕动。

一切声响都在爬行，目标遍布任何角落。

一切爬行都在喘息，有的刚刚动身，有的正在死亡。

远山和道路都已藏匿。只有灯光在追逐，呓语在流淌。

在黑色底纹上，光点无法描述。

阴谋和阳谋摊开无限的宽广。混沌是一种语言，表达一切又含混一切。

你的远方是我的起点。我的归宿淹死在沉沉喧嚣的颤动中。

在高处，不想望归途，也不想望未来。

在另一个高处，我的梦正被另一场梦偷窥。

最好，淹没一切清晰的述说，在沉沉的颤动中，沉默是最好的选择。

一株不合时宜的南瓜苗

已是深秋。风把躲躲闪闪的阳光吹得很软。

在一片天竺桂林下，一株南瓜苗朝着阳光的方向嗖嗖地爬行，像一条刚刚醒来寻找食物的尺蠖，有种慌不择路的急迫。

风一直在巡游。阳光瞬间隐去。

几片毛茸茸的瓜叶，在草丛中茫然四顾。

这在温暖中醒来的种子，不知道季节的方向。兴高采烈地出发，才知道基因在给命运造反。

奔跑的脚步制造着后退的足迹。鸟雀的歌声在惊惶中，化作寒露浸湿泥土，化作霜降寂寞晨昏，化作飞影反衬落叶彳亍的行迹。

世界已经躲得很远，你不合时宜的苏醒显得如此尴尬。

藤蔓上结瓜的诺言凝成露珠。见证者都已死去。

在混乱的风中进退维谷。

树林外，有鞭炮声毫无理由地狂欢。一只白鹡鸰穿过林隙追赶爱情。

秋意正浓。春天还很远。

我在一只睡袋里酣眠

我在一只睡袋里酣眠。

风声雨声，杂沓的脚步声，阴谋和阳谋的耳语，哭声和夹杂马蹄的嘶鸣，一并失落在昨夜的渡口。

杨柳岸晓风残月，出逃梦境的离别之吻化为一滴朝露，背叛了厮守的承诺。

我的呓语你听不懂，就像我的梦境你进不去。

将一切好奇的眼光挡在睡袋之外。我并不好奇来往的阵列和他们的远方。

情节的伏笔和照应，赤裸着匍匐而行，掩耳盗铃，瞒天过海，让睡袋形同虚设。

而我，在睡袋里酣眠。

文字从纸页上纷纷逃离，情节变得支离破碎，叙述者顾此失彼。

凭窗而立的身影，开始虚构梦的未来。

有奔逃的突然停止，也有停止的突然狂奔。梦外的山河，时而旌旗招展，时而干戈寥落。

即使归乡的马蹄，也难以重逢窗帷后翘首的错误。

即使让那哒哒的马蹄变成刺耳的轰鸣，也换不回一丝叹息。

我蜷在睡袋里，作茧自缚。

而岁月已经提着袋子走了很远！

天空的皱纹

云是天空的皱纹。风雨是天空的情绪。

俯瞰众生的天空，有爱有悲悯，也会老去。风雨不是侵蚀时光的祸首，而是被时光追逼的逋客。

太阳和月亮是天空的眼，看见一切，爱一切，痛一切。群星沉浮，永恒的沉寂里，风雨如晦也好风调雨顺也好，哪一种表情可以伫立一个晨昏？

老天有情，不容假设。

树枝是天空的皱纹。鸟鸣是天空的情绪。

季节的轮回让这些皱纹一次次隐藏又一次次展现。季节会老，天空也会老。那些布在空中的皱纹，如划破光明的黑色闪电，连接一切空间，又割裂一切空间。

那些皱纹，指向过去也指向未来。欢愉抑或忧郁的鸟鸣，岂是人间可以听懂的语言？

在天地之间，懂得天空心情的，莫过于沉默的枝头。

黑夜是天空的皱纹。晨昏是天空的情绪。

黑夜让白昼青春夺目，而在晨昏的轮回里一言不发。

黑夜历尽沧桑，再把天空送离怀抱。天空带着飞鸟，带着云彩，带着落叶在晨昏之间飞翔。

只要岁月永恒，天空就永恒。

天空的皱纹，是时间的足印。

西岭雪是个温暖的意象

西岭一直就坐在那里。西岭雪也一直未化。在川西平原以西,青藏高原之东,它用五千米的海拔守候这亘古的时光,沉默不语。

这用高度托举起的纯洁,承接高原深处的佛光,照临一片杜鹃啼唱的土地,抚慰四季晨昏,也悲悯杀伐战声里的血光。淌下一脉清泉,生长出炊烟,也洗濯出青铜的冷光。

风掠过西岭而下,被秦岭阻挡,被巫山阻挡,被云贵高原阻挡。在孤绝的回旋中,长出一棵四千年的巨木,结出的凝重果实,全是无法破译的秘密。

推开浣花溪畔那间唐朝茅屋的一扇窗,西岭雪与黄鹂的歌声同步抵达。从此这雪与炊烟相亲相爱,携手走入民间。一首绝句,搭乘一只轻舟出夔门驶向遥远的东吴,驶向所有流淌着平仄的远方。

柳条枯了又绿了,白鹭去了又回了。林盘里,啼血的鹃声不再凄凉,原野在深冬里仍然葳蕤着绿意。

烽烟五津,细雨剑门。峨眉山月,白帝帆影。每一个远去的脚步都有回望的坐标,每一个归来的梦想都有守望的身影。

只要绝句还在民间回响,西岭雪就一定装饰在民间的窗外,温暖着每一个深情的遥望。

每只飞过窗口的鸟儿都是一个故事

天空和远山可以永恒，而流云和风雨从不安分。

窗口和时光可以永恒，而鸟儿的飞影从不安分。

每一只飞过窗口的鸟儿都是一个故事，它们翅膀划出的轨迹如天下所有的树叶一样，没有相同。

谁能讲出它们的流浪和追求？谁又能讲出它们的欢愉和烦恼？它们的啼鸣，哪一声是颂词，哪一声是哀歌？

哪一个清晨遇见了爱情？哪一个黄昏遭遇了别离？

飞翔就是宿命。

在飞翔的起点，必然有新生的欢悦；在飞翔的终点，必然有死亡的哀鸣。而在飞翔的空中，必然有轻佻的对唱和深情的和声。

飞越窗口的孤独翅影，也许是逃离，也许是追寻。

每个一闪而过的情节，是开端和发展，也是高潮和结局。让窗口和天空完成环境描写，让命运和时间完成情节安排。

剩下人物形象，配角是谁无关紧要，而主角必是造化的幽囚！

此刻， 我既不喜欢轻盈也不喜欢沉重

夜色咔嚓一声就扣了下来。灯光醒来。

在这喧嚣浓缩的夜晚，曾经的关联被割裂，曾经的无关被缝合。

心有多大，夜有多深。

奔跑在虚无里的万物，在循环的道上，兴致勃勃。

在这墨的海里，无数的手伸出，辨不清是给予还是索取。有流星坠落，也不知温暖了谁的怀抱。

流光，即使在黑暗里也将人抛弃。那跌落的绝望，在墨里竟无声无息。

幸福，即使像泉水般喷涌，也无法将墨黑洞穿，也无法将快乐延展。

呻吟在夜色里失去了辨识的属性。在夜色里，既无法阻挡也无法招引。

此刻，我既不喜欢轻盈也不喜欢沉重。

在黑夜里，飞翔即是匍匐，匍匐即是飞翔。神魂都能颠倒，乾坤难道不能？

我静坐在黑暗处，看你表演！

立冬日，一颗牙的故事

从骨髓里从血脉里长出来，悄悄站在队列的末尾，一声不响。

既不参与风景的欣赏也不参与美味的鉴别，一个沉默寡言的后来者，突然搅乱了阵脚。

立冬之日，寒风还在路上，冰雪还在远方，一颗牙举起了叛乱的旗帜。

它既不是青春的代言，也不是衰老的符号。它是安放在清溪里的乱石，是生长在悬瀑上的巉岩，让一切顺理成章变得跌宕起伏。

几针麻药，一阵锤子的震响。

你眯上眼睛忘记这个世界一小会儿，它就飘然而去，踪影全无。

麻药一过，我就进入了没有叛逆者的冬天。

岁月总在行军之途。

一颗尽头牙到来的唯一使命，就是让你不要忘记世间还有疼痛。

西芯大道的初夏

西芯大道车流不息，而辛夷花早已凋谢。

那些花无由的开了无由的谢了，没一只车轮为此发一声伤春的叹息。那些西去东来的影子，碾过寂寞的时光，赶赴无人的盛宴，风驰电掣。

高原与平原对视呼应。苍茫与繁华对视。

这来来往往的奔赴，自作多情的信使，手握辛夷花的火炬，已经熄灭。

兴冲冲的迷途，无须照耀。

就像无从知道河流中一滴水将去到哪里，谁知道每一个车轮的故乡在何方？

季节的脚步没有预期，也不会有失落。而燕子的问候形同虚设，阳光与闪电的相互回避实属侥幸。

川西平原被浓绿淹没，鹃声沉浮，回头不回头都没有岸。

一句"来了就不想离开"的偈语，让所有的远去都成为谎言。

西芯大道的初夏，车流卷起欲望的旋涡。热风去而又回，翅影去而又回。他乡即故园，出世即入世。浣花溪就在近旁，西岭雪还可以遥望，而老杜那现实主义的孤舟早已驶出夔门，放翁骑驴的背影也在细雨里隐去。线装书里的律诗和绝句只是言不由衷的台词。

据说远方的油菜籽开始收割，麦浪已经金黄。

在西芯大道，布谷鸟的歌唱还在林间躲躲闪闪。

目送，兼寄远方

只要你在远方飞着，我的头顶下着再大的雨我也不介意。

从你起飞那一刻起，我们就是永远的别离。我不管你的梦中有没有回首的眼神，我只希望你有无尽的远方。

你的远方，就是我的远方。

很多的晨昏一如既往。而我们相忘于江湖。

我有很远的路要走，有很多的水要涉。我有很多的人，需要慢慢忘记或者需要重新记起。

这些跟血脉和故土相关的情节，是我的故事的主线，在你的路上已经成为可有可无的插叙。

你有你的主题。而且，我们议论和抒情的风格迥异。

我希望你偶尔回首。但是我也为你固执的奔赴祝福。

你眼眸中的山海可以与我无关。你时光里的烟火可以与我无关。

我邀请你来到人间，就是为了赠予你完整的自由。

而我的自由，就是目送你的背影。

我们都看不完想看的一切。

更远的远方你就代我欣赏吧，就像我代我的先人抚摸着眼前的一切。

在这条无限的路途，接力的目送，总胜过深陷在同一个脚印里的拥抱。

时光隐喻

拣拾阳光

桂子飘香

1

这古典的情怀，曾在唐诗中悠然飘落，曾在宋词中粲然开放。那馨香如迷情的脚步，穿越我梦的幽径，迤逦寻觅而来。

我一直守候在这个季节的入口，为你轻轻吟唱着隔世的恋歌。

远道而来的女子，在秋日清晨的路口张望。

沉默地站在水边站在丘上站在峰顶的袅娜的身影，洒下这古典的馨香。

2

不说话的女子，细碎的花瓣眼波无声地掠空而来。在这空旷而苍凉的季节寻找隔世的记忆，把相思的泪全化为无尽幽香。

可是，在我的记忆中你总是伫立于蟾宫的窗口，忧郁地打量人间做着好梦的人们。有个不良的男人老是举着一把斧子在你身边砍个不停。

这个季节，你可有机会逃亡？

3

在这样的日子里，为何你的降临总是弥漫着隐隐忧伤？

你的忧伤为谁开放？

你的开放为谁飘香？

三秋桂子，你让多少痴情的灵魂跪拜不起，迷蒙的双眼送你缥缈的身影渐行渐远，在你消失的尽头一声长叹！

你来了，为何又要走远？

4

八月，被桂花发酵成回味隽永的时光。桂子，在传统的酒杯中点化一缕辛辣，让饮者幸福而迷茫。

一杯桂花酒，让无数多情的饮者在古诗中沉醉不起！

幸福中睡去，缥缈中醒来。时光轮回，香雾阑珊，酣梦一场。

如约而至又如约而去的桂子，年年岁岁，为谁飘香？

青神！青神！

1

在遥远的他乡不期而遇，从眼前倏忽而过。

灰色的天空，无垠的原野，平静或湍急的流水。高压电线以及纵横的阡陌，千万幅图画从眼前飞速地翻过，不曾留下些许清晰的印迹。无数招牌如疾风中的鸟儿，掠空而逝悄无声息。悠长的旅途犹如平静的生活，日子的流淌追逐着睡梦的招引。

就是这个时候，一道亮光突然呼啸着从我迷离的眼前划过。两个字，真的，就是两个字——青神，如两支锋镝，猛然射穿了尘封已久的记忆。

青神，青神——我青春的女神！

2

这个名字，曾经何等疯狂地啃噬过我青春的岁月！

二十四年前，秋天火红的荻花与金黄的菊，正装饰着川西平原广阔原野的一个傍晚。只在那一瞬间，一张盈盈如花的笑脸翩然而至。从此，这两个字便成了深深镌刻在心空上的北斗，熠熠闪烁。

熠熠闪烁的星子，却又是那样挂在高远的心空，仰望而无法企及。

无休止的疼痛和感伤的青春岁月。惶惑而绝望，站在每个日子的路口守候那一抹轻风。幼稚的豪饮掩不住心底的悸动，决堤的泪水虽不责备青春的软弱，毕竟让无奈的感伤在那一座并不高大的山坡上肆意流浪。

青神，青神——我青春的女神！

我从大平原的一隅，无数次在梦中一路追随到她的故乡！

3

曾经，孤独地踯躅在洋槐树掩映着的铁道上，固执地朝那个方向行走，我不怕路途有多么漫长。那两个星子的光芒在遥远的地方召唤着我疲惫的脚步，我发誓要去寻找她的家园，那个养育出如此惊心动魄的女子的故乡。

我无数次地在心中描画那个灵性的天堂。潺潺的流水淌着梨花的落蕊；晨风中绿色的稻浪伴着袅袅的炊烟；收获过后的田野干爽而宁静；朔风中一抹洁白的院墙内闪动着温暖的灯光。

在那乡间阡陌，一个娉娉婷婷的身影从街市的烦嚣中款款而来，或者从炊烟袅绕的鸡鸣狗吠中翩然而去。这绝俗的身影，如一轮艳阳将大平原的一隅照得透亮。

青神，青神——我青春的女神！

我生命的太阳！

4

还是在一个秋天的傍晚，一纸素笺载着温情的笑靥，使长久的守候变成绝望的忧伤。在那风声鹤唳的日子，凝望着背影从曾经翩翩而来的方向缓缓飘去，没有什么词语可以描绘出我此时心中的泥泞。

四年的时光，就这样飘到眼前又悠悠地飘走。只有一头曾经在梦中诗意地飘飞的秀发穿过迷蒙的双眼，叠化成无数经霜的枫叶，在这梦游过四年的土地上迎风飞扬。

一切该散的终究散去了，岁月的余韵伴着落魄的脚步悠悠地鸣响。每一个无聊的清晨都如一抹无形的尘灰，逐渐掩去了记忆的印痕。

二十年的时光，你可知道疯长出多少遗忘的杂草？

而这次不期的远行，竟然轰然揭去了记忆的尘灰。那个地名突然幻化成一个袅娜的背影，早已模糊的关于秀发的记忆，再次飘扬在黯然的心空。

　　青神，青神！

　　——我青春的女神！

在水一方

1

是谁，在唱一支哀怨的歌，从晨雾袅绕的水面徐徐踱来，缠绕在秋叶落尽的枝上？

是谁，在挥动手中的丝绢，向枫叶和荻花点缀着的对岸，诉说无尽的相思和离愁？

一个轻盈的身影，总在秋风与薄雾的陪伴下沐浴神秘的清晨之水。

在水一方，鸟雀啁啾开始唤来梦幻般的朝阳。镀金的身影，让整个原野生动，风开始奔跑，雾开始旋舞，阳光开始尖叫……

一个轻盈的身影，却在喧嚣中翩然而去！

2

是什么，招引着我信步来到这原本陌生的河岸？

是什么，在冥冥中指引我来这里等待某种无言的期盼？

曾经多少顺流而下和逆流而上的脚步，早已被时光的流水湮灭。疲惫的双脚已经没有了濯洗清流的欲望。

任阳光啃噬着悄然而去的日子，任河风在耳边奏起寂寞的声响。

凄迷的视野尽是枯秃的秋的意象……

在水一方，一缕仙乐般的歌吟贴着静静的水面飘来，停伫在我失聪已久的耳畔。

3

从一个冬日的傍晚到又一个夏日的清晨，光阴似一个饥饿的乞丐，拖着乏力的双腿彳亍在我的门前。

在水一方。你挽一缕晨曦，舞出千种风情万种遐思。可知在彼岸，有一个人早已泪流满面？

我裁下天边的云霞缀上晶莹的星星和清露，悄悄将它垂挂于你的窗前。你可知道那是何处寄来的问候和牵挂？

一个流浪的灵魂沉醉于隔岸的风景。无垠旷野，温馨如家！

4

水车吱吱呀呀，翻动着凝重的日子。

坐守水岸，坐守一日三秋的期盼，我分明已经看见时光那决然离去的眼神。

在水一方，你何时才会轻盈如风地淌水而来？

遥望对岸风景，她在绿草和鲜花之丛徜徉，如婉约的蝴蝶扇动梦幻的翅膀，拥抱着袅袅炊烟渐行渐远。

水面，雾气再起，晨昏弥漫。

5

从远古的诗经走来的女子，流连时光，在水一方。

你穿越滚滚红尘，轻盈的脚尖在时光的琴键上敲出了一路空灵的和声。心事如月光，满地流淌。

那常常弥漫水面的氤氲雾霭，你古典的心事，让守望者在此岸无尽惆怅。

从诗经中走来的女子，我遥望的姑娘。

所谓伊人，在水一方。

守望彼岸，视野苍茫！

在这条沟里藏着一场风雪

1

冷得太久。雾霾太重。寒风中的颤抖早已污染了冬的名誉。

我们去看雪吧！你在冬日难得的一抹艳阳下这样说。

我们开始翻山越岭。把一片片整齐的田园抛在身后，把一片片妖娆的绿草抛在身后，把一片片肃穆的果林抛在身后，把一片片瑟缩的身影抛在身后。

溯一条已经陌生的河流而上。

单调的山色隐藏了飞鹰的暗影。丛伏的灌木偶尔生动一下专心致志的盘旋和迂回。

一层山又一层山。一座桥又一座桥。

逃离虚伪的温暖，追寻刺骨的寒。

2

那个境界我曾经窥望而不曾抵达。那时只是一晌暧昧的穿越和攀登。

怯于对美景的玷污，我不曾站在某一个高度对群山长啸，更没听见过从沟壑深处传来的痉挛般的回响。

当季节温和的时候，山也是柔的。当山色空蒙的时候，脚步也是醉的。

当山在呻吟的时候，我所有的壮志豪情都化作了一脉淙淙的流泉，渗进了那连绵无际的砾石长滩。

在快意的诅咒里逃离。在决意的逃离中回首。

3

现在，我已经伸臂接住了几粒渺小的雪花。有风从沟壑深处探出头来。

我们必须按捺住幼稚的兴奋，必须一小步一小步前行，一小点一小点捕捉那种冰凉的快意。

要记得身后的来路也要清楚眼前的风景。要记得怎样从乱糟糟的雾霾中穿越到玲珑剔透的仙境。

当我们站在一望无际的雪原上时，却已经什么也记不得了。

甚至忘记了欢呼，忘记了赞叹，忘记了来的目的。

是的，我不能再对风雪着一个字——因为这是我们自己的秘密。

走过冬天

一

父亲在胡豆刚刚发芽的秋末走了。那个冬天来得比哪一年都早都凛冽。

母亲站在屋檐下看雪。雪花在竹林里旋转着像母亲做饭时的炊烟。但是那天，母亲只在痴痴地看雪，忘记了做饭。

我站在母亲的身边。我们努力地将视线延伸到竹林外的山野。

那里，父亲是否也在看雪？

二

你走之后便是一夜黑。天亮之后，白色掩盖了你的一切气息。

冬天从来就让我绝望。泥泞会扰乱所有可资识别的脚印，白雪却扼杀一切辨别的企图。

开春的时候我才明白——那是时光冻结了我们的思念，保鲜了我们的爱情——现在该发芽开花了！

三

这座陌生的城市，我是冒着风雪走进城门的。那时，锦水已经沉睡，西岭迷蒙在我失魂落魄的脚步中。

灯光能够照彻冬夜的黑暗却不能温暖彳亍的影子。多少次疯狂的行走，把目的忘却，把目标忘却。

只在心里带着一扇高楼的窗户的微弱灯光作为太阳。

我似乎听到过遥远的夜雨在呼唤睡梦中的花儿……我似乎看见了簇拥的人群在高呼——锦官城！锦官城！

四

钟声消失在河的对岸。雾气迷蒙了深冬里反常的红花。

从天而降的故事开始在严寒里盘根错节地酝酿死亡的情节。子夜里凝固的诗句，总会变成雪花乘着梦的翅膀飞到遥远的北方去飘落。

惊蛰那一天，终于有一场丰沛的夜雨从远方快递而来，让我签收。

芦花是我不能说破的隐喻

1

我知道你住在《诗经》里。

在时光的河岸上，重章叠唱。只需替换几翅雁影就行。秋风保留，秋水保留，秋霜保留，伊人也保留。

三千年，都让你的身影摇曳在那凄迷的雾中。

你是伊人的背景。也是伊人的背影。

2

那一条河流，我也不能说出它的名字。

"白露为霜"就是它的故事。那苍茫的夜，让秋日的梦境苍茫，让秋日的清晨苍茫，让对视的目光苍茫，让留恋的脚步苍茫……

若即若离。似真亦幻。

在305阕现实主义的歌吟中，你的影子是唯一浪漫主义的点缀。

如同那个不能够拥抱的梦境。

3

长空秋雁，羁旅行役，折叠成无数的诗行借酒浇愁。

你摇曳在乡野的风中，洁白而坚韧。赋比兴早已等候在命运的津渡，希望与一首《关雎》深情对唱。

斑鸠和杜鹃伴唱三千年逝水。我任性地搭一架摩天轮作为舞台，让长桥卧波，流光溢彩，让江岸上一望无际的秋惊起一夜乱梦。

藏在诗三百里的秘密，我不能说破你的隐喻。

4

我知道你的前世是另一种花，本应在驿外断桥边寂寞守候。而你在雪野里缓缓而行，去深秋赴一场前世的约定。

你不喜欢悲凉和惆怅。与其零落成泥，不如在秋风中飞扬。

将绝世的幽香，甘愿换作一岸无际的白，等候一场梦缓缓泊岸。

在秋风中相遇，携手返回《诗经》里。

人间四月天

在江南的一朵桃花下打盹儿

斜风细雨。流水鳜鱼。江南不是醒来，而是在暖阳里开始睡意蒙眬。

和季节做持续的战斗。一场桃花雨，为你洗掉满身疲惫和尘土。

江南做床。春风为枕。一场大梦，有一朵桃花点缀，足矣！

从一阕宋词开始爱

豪放的，还是婉约的。那些长长短短的歌吟，在杏花初绽的西窗平平仄仄地抒情。

有雷声的字眼儿跳动着蛙鼓。有雨声的字眼儿隐约花瓣的飘零。一叶蚱蜢舟，载不动几多愁就载几分爱吧。

在烟雨里出没的词牌，寻找着爱的意象，编织成爱的意境。

桃花依旧笑春风

其实，在春风中微笑的桃花不是去年的桃花了，春风也不是。

崔哥哥，你和桃花有过约定吗？你和做媒的春风有过约定吗？

你可知道去年的桃花正绽放在另一片园子里，等待着别人的蹬音，等待着袖里的绢帕来承接一场花瓣雨。

与己无关的节日

时光悄然地逝去。

轰轰烈烈的青春，燃烧了，还有一些火星，但已满眼灰烬。风一程雨一程，踉跄的脚步还带着泥泞。

有的风景早已消失，还有无数的风景正扑面而来，带着悠扬的旋律炫耀着青春的自信和满足。

这似乎已经与己无关。

有些已经褪色的热梦带着余温，在寂寞的子夜不期而至，这样的邂逅是幸福还是灾难？

窗外隐隐约约的喧嚣，那是胜利者的狂欢。

时光会打败所有的强者，用一个特定的日子来庆祝他们的胜利，嘲讽所有无力征战的昔日英雄。

属于自己的那个傍晚，那条河，那只在夜风中惊鸣疾驰的鸟儿，挟着泥土的气息在记忆的深处回旋。

多少快乐的时光在那些清晨弥漫起生命的冲动，乡土的情怀化为一行行肤浅而真诚的文字。徜徉在忘我的路上，谁都会吟唱深沉的情歌。

冷眼旁观，心中溅起慈祥的情怀。春水荡漾，盛放的花蕾也会点燃记忆的火星。

那些等待和守候，那在春风中迟迟不见身影的轻巧的燕子，连呢喃的细语也完全关闭，让一次次的期待痛彻骨髓。

青山就在不远处，我已经难以抵达那一片风景。西岭积雪，反照着幽光。我不知道，这只泊岸的船是否能够扬帆启动直达东吴的远航！

玫瑰，在这个日子里会疯狂地绽放。我，只紧紧握住属于自己的那一朵早已枯萎的芬芳。

幸福的高度

谁会拒绝这样幸福的高度？

从滚滚人流里一路淌过来，一条流水，一派绿色，喧嚣中隐着宁静的默想和等待。在这个傍晚，除了我，没有人会赶得这样早这样急迫。

时断时续的讯息，不知道是从哪一个制高点盘旋而下。无数座高楼无数座险峰，我的幸福的梦，静默在哪一个山头？

流水在桥下旁若无人地奔走，无数绚丽的倒影在深度中暗示着高度。早已蓬勃了诗意的情绪瞬间溺水。水岸枯坐几个世纪，浑身滴答着苦涩的相思。欢笑是流动的风景，呼啸在另一个世界的黄昏。

我的傍晚，就停驻在这个陌生的桥头。

这已经是第二次。

陌生的一切已不陌生，街市依旧流淌着喧嚣。倚一块光滑的石头，用百无聊赖把所有的高度都逐一丈量。目光停留在每一个窗口，欣喜每一个袅娜的身影从树阴和桥的那端翩然而来，捕捉那一缕幸福的琴音。

拥着幸福的梦想守候着孤独。每一个方向都葳蕤着诱惑，每一个路口都流淌着失望。守望者，定是路人眼中的雕塑，或是疯人院的脱逃者。

时间被桥下流水拐走，悠悠地流淌，不觉已过了千年万年。

千年万年的守望，只在一个傍晚。时空混沌中一束紫光氤氲而至。在无数星子飞旋的苍穹，幸福的身影终于降临。

从一场梦境走进另一场梦境。幸福的使者拒绝凡俗尘，引领一场幸福，如梦如幻般跃上前所未有的高度。快乐的微风窒息了整个城市，幸福的光影迷茫了所有视听。

俯瞰万家灯火，所有的快乐和悲伤都已远去。一条河汹涌着，却寂寂无声。旷远的世界第一次这样向我敞开，而我竟选择了闭上双眼。

我有了我自己的世界，在这个离天很近的地方，我终于长出了幸福的翅膀。

从来没有过这样，在千家万户的欢乐上空，在别人梦境的更高处，如梦一般如幻一般，幸福地飞翔。

我站在春风里眺望远方

河流从身旁流向远方。

春草从脚下绿向远方。

鸟鸣从头顶飞向远方。

我感怀的诗句，从春风里邮向远方。

秋风中的荻花早随雁行远去。川西平原冬天的故事也曾藏进西岭的积雪。

冰冻的时光，在每一轮春风归来的途中醒来，只想寻找一缕绿云飘逸的长发，聆听一声婉约玲珑的笑声。

在初春的山野，一颗从沉睡中被唤醒的种子，在初阳下，在盈目的花丛里，只打量过一朵朴素的羞涩。

春风轮回。遥望的目光从未熄灭。

朴素而羞涩的春色，飘向了远方，未知的他乡。

在渐暖的风里我只听到了一声呓语。我无数的诗句终被命名为"无题"。

我在春风里眺望远方，我在"无题"中朦胧了高原融雪的潺湲流响。

暗夜里，一枝玉兰绽放着孤独

蒙尘的精灵，你从遥远的乡野流浪而来。手握神的谕旨驻足于这片陌生的土地。于喧嚣中旁若无人地绽放着娇媚的孤独。

高傲的孤独。毫不掩饰玉一般的质地诗一般的气质。忙于绽放非凡的艳丽，毫不顾及满地落英，零落成泥。

不需鸟鸣为伴。睥睨万物，忘我的眼神在春夜里如群飞的萤火，点燃空寂而寒冷的夜歌，兀自妖娆，抒情陶醉。

有时，也在暗夜中沉默。夜风中颤动的花瓣如微微耸动的双肩，在悄然而至的夜雨中书写出几行感伤的诗句。

清晨，玉露蒙蒙，又鲜活一方绝色风景。

更多的时候，会清楚地听到你蛇一样的腰身扭动在青石路面上敲击出的踢踢踏踏的清脆步点，以及踟蹰在蒙蒙细雨中仰起你粉红的脸庞亲吻灰色天空时的轻轻的喘息。

会看到那梦一般掠过的眼风，从颤颤的枝头哗啦啦地泻落于地，惊起一声疼痛的叹息。

你的身影，从无数无关的梦境的边缘悄然滑过，直达一扇半掩的窗口，将一夜冰冷的梦呓编辑成一首绝世的爱情长诗，然后绝尘而去。

在料峭的春夜里寻寻觅觅，将夜的清露啜饮，怒放内心的渴望与忧伤，朝着枝头指引的方向吐露衷肠。谁能够在这样的时候，伸出双手接住那些缓缓飘落的忧伤？

你在这个喧嚣的尘世里，在这个充斥着寒意的春夜里，忘我地绽放。

这圣洁的绽放，只在我的世界；乡土的芬芳，只在我的梦中。

而我，只能在远处默默地遥望。那闪烁的光影如夏夜天边倏忽燃烧的闪电，为一个个沉寂的永夜点亮依稀的光明，将无数次沉醉的呼唤发酵成幸福的忧伤。

总在期待着，一片婉约的花瓣像一滴蜂蜜一样从枝头滴落，缓缓飘进我的襟怀，甜蜜我所有暗夜中的无尽怀想。

守候在夜的尽头，从未见你低头沉思的瞬间。丰腴的身姿沐浴朦胧的天光，翘首而望。

遥望故土？抑或寻找他乡？

在这样的夜里，有谁会为你许诺明晨的幸福？

多少身影跪拜，在暗夜中狂饮思念烂醉如泥？

又有多少身影，在黎明时分耐不住寂寞的寒凉转身离去？

在黎明前的渐起雾气中，袅娜的身影，怀抱一把无影的琵琶，将掠过小树林而来的夜风和一轮下弦月弹奏，如痴如狂。

你在神秘的旋律中，尽情绽放。

在这样的夜里，是否有一个知音能读懂旋律中颤动着的那一抹闪电？

烟花绽放的幸福

窗外的烟花铺天盖地，高唱着幸福的歌。

我并不知道他们幸福的理由。

那些不停地照亮着我的窗玻璃的闪光，它们来自那无限遥远的宇宙。

快乐的幸福感觉，那些虚妄的喧嚣，我不能把它们拒之窗外。它如雪峰融下的冰水，浸入我每一个骨节，渗入每一腔骨髓。汹涌，然而透凉！

半世人生，都在懵懂中不息地追逐。而今夜，弥空的热烈却不是我梦中的影像。

有这么张牙舞爪的幸福吗？

那些肆意无忌的炫示，在夜空中不停地分解，扩散，一声叹息，然后永远归于沉寂。纵使接连不断地绽放，难道就没有最后一声绝唱？

我知道，在这满天辉煌的夜空下，应有无数双含义复杂的眼睛在向上张望。惊疑，嫉妒，绝望，或者忧伤。它们的双脚，就在此刻也没有停止寻觅生活的奔波。

那些天空中绽放的幸福烟花，他们定是与我一样觉得遥远得不可思议，只是某个星座一场与己无关的流星雨。

只有每一朵烟花都从自己的心底绽放，才是自己的幸福感觉。一个刚升职的朋友，毅然花两千元买了一大堆，在他乡下老家破旧的院坝上快乐地怒放，换来无数羡慕的眼神。他点燃的委实是实在的幸福。但那烟花绽放的高度，只是乡村那低沉的夜空。

窗外不远处的别墅里，隐隐的欢笑将五色的花朵射向夜空。也隐约可见一些幸福的身影。他们的快乐幸福从我的窗前急速飞过，他们未必是想让那幸福在我的窗前有一星半点的溅落。他们的幸福只飞过他们的天空。

我的天空，在无数亮光的背后沉淀着孤独！

如果，在某个遥远的地方，在一扇明净的窗下，另有着一双孤独的眼眸，如一面深沉的湖水，默默地映照着别人的幸福烟花，和我一样——那就是我的真实的幸福！

又想起那一个傍晚

总是无法躲避，那一个雾气氤氲的傍晚。

从此，两颗星，就那样定定地照着我，无论在黄昏还是黎明。

隐隐呢喃，在雾气迷蒙的郊野林间演绎一场刻骨铭心的记忆。

而后疼痛，便如悄然而生的菌丝逐渐爬满疲惫的感伤。忧郁的蘑菇，开了，谢了，腐了……在骨头的深处轮回。

一个傍晚会暗藏许多故事。

茫然的行走。无由地醉去。城市的灯火仿佛突然把空旷的乡间照亮。在辉煌的光影中，蛙声如潮，浮起我们梦幻的脚步，侧耳倾听蟋蟀们的乡土爱情。

心，如惊蛰后的河床，春潮汹涌。

有很多跳动不息的人影。有一江悄然狂奔的水。一座桥。一条突然变宽了的路。

夜风是冬夜的蛇信子，恐怖而暧昧。孤独的身影，平行而后重叠，而又被阴影吞噬。

没有预谋，只为寻得温暖。

上朝峨眉

下朝宝顶，上朝峨眉。

——老家谚语

峨眉，在云雾中静默，在松涛中静默，在川西高原倾泻而下的褶皱中静默。

暮鼓晨钟，如飞鸟的翅膀在苍茫中翱翔，播下一粒粒佛的偈语。

神圣的家园，梦的远方。

我是一个疲惫的行者。九十九道拐把视线扭得变形，雷洞坪的暮色苍凉着我迤逦的奔波。洗象池的落日，给群山和神殿镀上了金辉。

那渐行渐远的仪仗，驾着谁的好梦，去到了谁的家园？

我不在乎宝顶山的香火，也不信奉宝顶山的神明。

峨眉的落霞永远是我心中初升的朝阳。

从一眼望不尽的那些卑微的浅丘之间，我从来没有停过寻找的脚步。传说中的佛光就是我梦中日日升起的希望。

走了很远。走得很累。一路向西。

峨眉，那是我梦中最高的海拔。

背负了很多行囊，默诵着只有一个字的佛经。

我叩一路长头，只为了上朝峨眉！

等一缕海风吹过来

这不属于季风的路径，惊涛只在远方拍击着海岸。

在夜深人静的时刻，只有将耳朵紧贴大地才可以隐隐听得遥远的沉沉的回响。

那是穿越了千山万水的风声，又穿越了无数重梦的栅栏，婉约成一曲呢喃的耳语，带着扬子江的晨雾，洞庭湖的渔歌，还有三峡两岸的幽幽猿啼。

它们停驻在我的窗前，守候第一百零一季紫荆花的开落。

窗外，西岭的积雪还凝固在杜少陵的诗句中；岷江水是个一去不复返的信使，无数声殷切的问询，在川西平原，慵懒的流淌已追随杜鹃的啼血而隐遁。

丽日和风的时光，萍水相逢的际遇，只能等待一缕海风的来临，在浣花溪畔，完成一联平仄和谐的对句。

那一轮明月

这个正在举国狂欢的日子，和月亮其实没什么关系。

你就是孤独和寂寞的代名词。只有一个嫦娥，只有一个吴刚，也只有一只玉兔。你的清辉也只浅浅地照临文人们寂寞的诗行。

尘世的喧嚣在不息的车流里涌动。晦暗的欲望在流淌的光弧中沉浮。遥远的天空，坎坎伐桂的声音只在世间幽暗处激起回响。

圆也是你，缺也是你。

这是对抗孤独和寂寞唯一的手段，嫦娥的清泪谁也不曾见过。

我们一直就这样相望，不即不离。偷取灵药传说的背后，谁知道这个故事还有没有别的隐情？

就这样远远地望着，直望得人世间喧嚣退去，直望得你身形发福，又消瘦……

你有轮回的怨艾。我，只有一季哀伤！

致一条远方的河流

从天上来，向东海去。

我望见了你的壮阔，却听不见你的涛声。

雪峰和森林的倒影绕过大平原远方的地平线，在连绵无际的丘陵之间迂回，带走了民间数不清的歌谣，带走了这个盆地千万年的传说和跌宕起伏的忧伤。

在红色丘陵的一隅短暂驻足，优雅成一派静穆，在黄昏的烟波里倒映长天的雁行，点燃《诗经》里摇曳的蒹葭。

蒹葭苍苍，白露为霜。

泛黄的诗卷在深秋的暮色中，找不到那个在水一方的身影。

我问夫子：该溯游从之，还是溯洄从之？

两个相爱的雪人

从透明里穿越而来，必将再回归透明。

现在，我们并排坐在这里憩息，能看见对方的未来和过去，能看见彼此的梦想和心境。

爱，让时光凝固。誓言，让混沌的情独立成我和你。

昨天我们是风，现在我们也享受一次风的凛冽。明天我们是水，现在我们也欣赏一次水的清澈。

我们把在空中无形的追逐变成温柔的静坐，让深情的凝望点燃西天的落霞。我们把在峡谷里疯狂的激荡变成热烈的拥抱，让洁白的爱情感动蛰伏的春汛。

飞翔久了，翅膀需要歇息。奔跑累了，脚步需要停止。

我们愿意在俗世中爱着，不言不语。

子在川上，答非所问：逝者如斯！

四月不来， 时光拒绝轮回

三月已远。四月未归。

春风浩荡。万紫千红的三月，在杜鹃声里化为几场夜雨。芬芳如霞，随长堤烟柳隐入十万人家。

燕翅掠过暮色，无数关于三月的歌谣，在渐起的蛙鼓中激起满眼浓绿，从此缄默不语。

远方的问讯还在继续。从水里，从风中，从梦的密道，从心的缝隙。从中原穿过函谷关的森严和秦岭的险绝，以草色的姿势，让登临的视野，遥看萋萋近却无。

不说桃花。不说杏花。没有任何枝头可以挽留花朵。

所有暖烘烘的忧郁都在急于结出果实。

但是，繁华过后我无暇感伤。

三月，可以疲惫寻觅的眼，不许响起葬花的旋律。

四月，已让我望眼欲穿。

芬芳逝去。落花消散。四月，只是别人的四月。

时光在契约中退回，转眼遥遥无期。命运的魔盒，紧闭了所有预设的惊喜和叹息。

我的四月，无处耕耘，无处聆听雨声，无处播种布谷鸟的歌吟。

即将来临的惊雷和暴雨，也只在别人的四月里激荡。

预备好的，所有的惊喜的表情，所有迎接相拥的姿势，所有莫可名状的呓语，所有为来年扦插的欲望……在三月的姹紫嫣红里，无法展开飞翔的翅膀。

四月不来，时光拒绝轮回！

开始融化的心

曾经用多少坚硬的词语，堆积块垒。嶙峋的抒情，在桀骜的沉默中轻易碎裂。哭声、呐喊、尖叫和叹息，在高崖巨壑的阴影里，用浅薄夸张地对抗引力。

或者试着腾空而起。或者试着轰然跌落。

这些表演，除了缄默的时间，没有任何看客。

烈日总和坚冰并列，流云总和顽石纠缠。剑锋缀着花瓣，却在温柔里逼出寒光。

横陈的破碎，用绿苔和野草装饰。固执的巨石花香鸟语，叮咚的流泉光影迷幻。

很多爱可以视而不见。很多路可以盲目奔走。很多拥抱可以断然拒绝。很多怀疑可以自欺欺人。

时光凝固青春，连同所有真诚或者虚伪的词语。

在沉寂里，疼痛逃逸。无声的碎裂越过子夜。

我的心开始融化，说是在坍塌也可以。

崭新的阳光告诉我，所有的跌落都是在向往平静，所有的融化都是在追寻风之根，水之源，生命出发的子宫。

栀子花开

在初夏的一个清晨，她悄然绽放在梦的边沿。

小心翼翼的幽香，像雾一般弥漫，穿过远处的树林，漫过低矮的篱墙，以一种久违的轻歌惊醒沉睡的过往。

先是一朵。接着两朵，三朵……

然后泛滥，随一场狂暴的夏雨冲决窗棂，浩浩汤汤。

曙色里，横陈的玉体，在清风中颤动一夜的怀想，把一切陌生阻挡在温柔之外，静听一场杜鹃的歌吟。

簪一枝纯洁在另一片纯洁之上，在骤起的风声里温情流淌。

素颜带露，云霞拜服。

与季节相约——几年？几月？几日？

闪烁不定的眼，在迷茫里坚定了归期。

绽放是一种轮回。总有等待的身影长伫落日下的路口。

一缕幽香一缕魂，不寄托于爬墙虎占领的墙垣，就将越过并迷失于虚空。

相遇只这一季。

再遇便已隔世。

火焰的背后， 等待着灰烬

从浓密的林间升起。从闷热的脚步中升起。从含蓄的翘首里升起。

一粒欲望，被一束栀子花点燃，燃烧了整整一个夏天。

热烈的熏风助了火势。借萤火和流星的祝福，在川西平原的某个角落，一次次燃起狂欢的焰火。

无数多情的典故在原野上流浪，在琴与酒的拥抱中，躲避尘世的喧嚣。

忘掉一切，忘掉原因和结果。只为不辜负那段多情的文字，和闪电般的耳语。

琼花开过，秋风来了。霜晨月，海棠岂可依旧！

被梦想的脚步蹀出来的幸福圣地，马蹄声碎，喇叭声咽。

立冬之后，漫长的黄昏顾左右而言他。

火焰是不是累了？

火焰说，她真的累了！柴门深巷里的呓语，不是火焰的心事。

天凉了。天冷了。火焰要冬眠了！

灰烬一直在等待着，默默无语。

一缕栀子花的幽香，化为了新的典故，等待来年的夏风唤醒！

五月，让君子兰沉默

窗台上那一株君子兰，从去年的六月，一直兴致勃勃地站到现在。它不急于长叶，更不急于开花。它看一个满怀心事的身影，如何幸福地打发晨昏。

它穿过那个湿漉漉的雨夜而来，如惊鸿一瞥。那时，我正捧着一束栀子花，在灯火阑珊处蓦然回首。

在这个五月，我逃脱了青年节，却没法躲开立夏节。

从你来临那个夜晚开始，我的季节一直丰盈饱满。春风中开始对六月遥望，越过所有的花蕾和初鸣的蛙鼓，直到绿肥红瘦。

而五月，在六月来临之前突然空旷。满地落英枯败，而君子兰还站在窗口期待六月的诺言。

立夏，驱逐了最后一抹春光，栀子花在墙角独自开放。遥望的视线无声地折断，而六月，在骄阳之下渐渐隐去。

荼蘼之后，君子兰也决定永不开花。

五月，让君子兰从此沉默为一个隐语！

我和六月有个约定

已经到了春的尽头。那个美好的诺言和花朵一起坐在枝头已经铸成沉默的果实。

时间还不够一个轮回。关于栀子花的邂逅以及在热风中的喘息，从夏夜跟到秋夜，从秋夜跟到冬夜。

在这个春末的傍晚，不知道该回望姹紫嫣红的琼花，还是该遥看姗姗来迟的六月。

我和六月有个约定。

沉睡的时光在皂荚树的浓荫下开始蠢蠢欲动，金牛渠两岸的荼蘼已经谢了。而车流属于俗世，喧嚣属于俗世，振臂高呼的口号也属于俗世。

我从越来越烈的阳光下走过来，看护一群青春的脸庞。我的内心充满了疼痛也充满了尊敬。

他们也在时光里轮回着，但并不知道我的守望。

我深爱着这些沉默。当这些沉默变成狂欢的时候，我的六月就该拥我入怀了。

那个站口，那片树林，那些颤动的夜色和梦幻般的呢喃，在每一次的穿越中坚定我的目光。

六月在热风中，一定会有一束馥郁的栀子花等我。

在窗台上养花的女子

那片小小的园地，有多少梦的种子！

在秋风里掉落，在严寒中沉睡，在春雨中醒来。在夏日的阳光下翩翩起舞。

那些花朵，守在狭小与空旷之间，守在婉约与豪放之间，守在现实与梦境之间。聆听鸟鸣安慰内心，放逐圈养的时光，召唤流浪的云朵。

这是她一望无际的庄园。可以有草地，有河流，有湖泊，可以有鹰的翅膀掠过晨昏的炊烟。

那些花朵，是她的孩子，牵着她的目光，一次次奔跑到目力不及的天边。

蜂蝶前来问候。她的目光只落在一页古典的诗行。

在诗行的另一面，她还有一片花园，窗台上所有的绽放都有投射的倩影，并弥漫着隐秘的幽香。

那些多解的意象，这世间只有那个走过窗外的脚步能懂。

所有的花朵都会飞翔。所有的绿色都有远方。所有的种子都有故乡。

阳光从花朵上移走，从诗行上移走。移不走向诗意深处的遥望。

在夏日的凉风中静坐到永远

一边是湍急的河水，一边是静默的沼泽。

我们坐在动与静之间，紧握幸福，暂时失去了表达的功能。蛙鼓与虫鸣退到遥远的天边。

美的身影，镶嵌在水天之间，近在眼前又远在天边。

怀抱中的梦想，柔弱无骨，化为丝丝凉风直透骨髓。双双掠过水面的燕子，衔走呢喃。水岸边野花丛生，羞涩颔首。疯狂倒映在涟漪中，沉入无际的深渊。

呼唤早已疲惫。一些梦破碎了又还原，一些梦模糊了又清晰。在川西平原的旷野，命运自甘沉沦。啼血的杜鹃，用典故呼唤未来。百花怒放，风月无边。

一束芬芳一棵翠绿，在命运中扎根，葳蕤了无数忧郁和希望。

一切追寻都已疲惫，只有静坐可以让幸福的战栗直到永远。

烈日知趣地回避。凉风逡巡。世界死寂。

只有幸福的梦在时光里飞奔，永不停息。

一场停不下来的战争

王坐在京城的殿上，心静若止水。

昨日，羽檄急行，冠盖相属。今天，战声与落日一同沉沦，夜色已将黄沙、呐喊和鲜血揽入怀抱。

烽火熄灭。硝烟消散。

王用他的沉默挡箭，横飞的箭镞难堪地跌落草丛。

敌人已退却到烟尘深处，不再窥视王梦的边疆。

王，你雕梁画栋的殿上，仍有朝歌夜弦，你也仍无法隐藏所有的失落与忧伤。

追逐的眼睛藏在云里，藏在风里，藏在水里，藏在梦里。

掠过你窗外的小鸟，静默在你枕边的花，伏在你霓裳上的琥珀光影，不会告诉你关于大漠孤烟和长河落日的讯息。

而你未必知道它们是如何跋涉了千山万水！

骁勇的马蹄刚刚腾空就鸣金收兵，让硬如铁石的忠诚茫然四顾。

剩下的时光，踯躅回程。

在惨淡的月下，循着一点一滴的捣衣声，走进长安秋夜的寒凉。

我的王，请你端坐殿上。

待我在陋巷里拴好战马，脱下甲胄，带着满身疲惫和血迹，慢慢回想昔日荣光！

我用心呼喊， 你不必发出回声

平原、丘陵、沟壑，都在身后远远的地方隐去。多少呼号，悸动和战栗，早在风中逃逸。

一条平庸的路，作为对脚的安慰，自始至终陪伴着无尽的怀疑和叹息，却与炊烟鸡鸣相看两不厌。

而高山，一直在高处，无法仰视的高处。

我不奢望翻越。我只希望靠近，再靠近。

那些巉岩只是风景，不是我攀登的脚步。那些草也不是，那些树也不是，那些花更不是。

那些云那些岫那些风，以及那些叮咚的泉响，它们是我眼里玲珑剔透的假设前提，由此推导出数不清的结论。

我甘意在结论的幽处迷失。

首先是你的高度。以无形立于有形，以无言立于喧嚣，以无欲立于漫长的遥望。

水，选择绕行，或者匍匐。

你并不召唤远方，而远方趋之若鹜。

有 一条小路，已叩过万里长头。

你就永远沉默。

且让我仰望，直到耗尽最后一丝温情。

且让我用心呼喊，你不必发出回声。

夏至未至，窗外那朵花

它远远地寻到窗前，说要装饰我的晨昏。袅娜的绽放，让我的心一次次融化。

脚步从寒冬迤逦而来，即便是春的花园和飞鸟的晴空，也没有羁绊过我低头的疾行，我连流水的低吟也无心倾听。

何家桥是一个驿站。我与时光聚散，从不在字里行间隐藏离愁。就算林间杜鹃的啼唱三千年没有变调，我从不探究它在为谁坚守。

而一个夏日的黄昏，我听见了一朵花的温柔。

一朵花，在金色阳光里摇曳，细腻的质感流淌着令人眩晕的空濛。它用童音哼唱歌谣，蜂蝶纷飞。野性的眼风，让热风里的飞影纷纷坠落。

它把精魂，寓于梦境，携一份机缘去旷野巡游。用轻盈如纱的呓语点化湖水，点化树影，点化一把孤独的椅子和一列隐约的远山，将整个黄昏揽入梦中。

万籁无声。忘我绽放。

终于，有了一曲忧郁的弦歌值得我竟日守候。

终归是要凋零，这我知道。我的窗台原本只种着止水般的时光。

季节要召回它的天使，我的窗口无话可说，伫立在窗内的孤独，无话可说。

夏至未至，焦灼的蝉鸣已开启了晚唱。

君子兰在深冬里不辞而别

一个从仲夏夜里梦来的往事，在现实的季节轮回里，仅凭一窗斜阳，就葳蕤了我的每一个日子。

把她移上楼顶，只想给她看看久违的整片天空。

君子兰，我的君子兰！她在我的生命里从此消失。

天空是蓝色的，而季节是在深冬。

她不辞而别。

她带走了那个夏夜的惊鸿一瞥。还有那个弥漫着栀子花香的地铁口的背影。

她带走了我对她成长的设想。成双成对的叶片在清凉的夜雾里，耳语着生长。在想象遥远的尽头，有花蕊在孕育，无论她准备孕育多长的时间，我都愿意等待。

油油的，颤颤的腰姿，只诠释了我们的前世，却无法命注今生。

她带走了我凝视她的饱满目光。那温柔而沉重的沉默，且让我交给斑鸠的鸣唱吧，好让它去打发寂寞的黄昏。

远方开始飘雪。冷风已在敲窗。

我的君子兰，她不辞而别了！

我的窗上，从此无兰。

在夜色中携手

冬日的傍晚。从喧嚣里踱出，在寂静里融化。陌生的暮色，用两盏薄酒醉成摇曳的霓虹。

车轮。人流。十字路口。选任意一段路途做任意的逗留。

途程有限，而旋转是圆。

遗世独立的黄昏，掩盖了无数双怪异的眼睛。夜的丛林，却燃起了无数的萤火。

无声的狂欢伴着野鸟的夜啼。那时，寒冷的水突然反射了几星遥远的村火。

梦在飞翔。黑夜沉入黑的深渊。

居然对在黑暗中携手而行上瘾。

家园渐远。荒村横陈在子夜梦呓。趁万籁俱寂，我们有很多事情可做。

来吧，扣住我们的十指，点燃沧海桑田的际遇。

就算黎明到来你已远去，我只作寒水之畔的病树和沉舟。